壁

～94年の思索の旅～

目次

はじめに

これは私の94年にわたる半生記であり、常日頃考えてきた内容を纏めたものである。過去の経過、思い出など、書き置いたものを集めた。思索という言葉で言うなら、小さい時から読んできた本、病臥していた10ヶ月の間に読んだ日本古典全集や漢籍などが、いつの間にか心に残っていたのであろう。現役時代は集団を纏め、自分のことを考えることはなく、集団がトラブルなしに過ごせることのみが考慮する内容であった。最近になってやっと物事や言葉などを、時間をかけて思索するようになった。本書に載せたいくつかはそれを紹介したものである。

「壁」という言葉に興味を持ち、考察を重ね、振り返ると、私自身、多くの壁に囲まれ、それを突破した人生であった。壁という表現は物質としても、心の中のものとしても、取り上げることができる。また、人生の区切りでも、壁を意識することがある。これら、色々な状況、心の持ち方を探ってみたら思わぬ多方面にひろがることになった。これらは、壁に関わる方が、もし、それに気づいていない場合には、気づくきっかけとなるかもしれない。気づいた時、それから発生する問題、対処などにも触れてみた。

当初は「壁」を一本の軸として纏める予定だったが、過去に書き置いた考察文、随想的な記録も含めた。「壁」と結びつくもの、結びつかないものも含まれている。長年利用した別荘は、普段の壁で取り囲まれた生活からの脱出で、壁に煩わされた日常をリフレッシュするのに役立った。山荘録は行くたびに書き残してきたものである。結果として、日常の壁からの脱出であったことに気づいた。また、「94年の思索の旅」は本書の総括でもある。

一、壁

死界からの使者

やわらかに　時々　壁をたたく
だれか　わからない
ほとんど　聞き取れない

わたしは　無視する
もし　その音が
強くはっきりと　聞き取れたら
お迎えが　来たか　とおもう。

生死の壁を　取り除くのは　だれか
わたしは　知らない

「求めない」「あるがままに」で
過ごした　毎日
世界や　自分を　取り囲む　壁を
わたしは　探ってた

心に浮かぶ　言葉は　ただ　一つ
「風立ちぬ　いざ　生きめやも」

私は生きていく上で、「壁」というものの存在が気になっていた。日常生活を営む中、あらゆる場面で「壁」を感じるからである。人との隔たり、世の中の閉塞感、正義を押し売りする世間の空気など、その正体は様々である。世間で言われている「分断」もその一つではないだろうか。

物質的に

ベルリンの壁、国境閉鎖の壁、収容所の壁のように、現実に存在する壁についてである。これによって内外が遮断される。壁を破壊しない限り、向こうには移れない。この際、人間の英知は壁の向こうを想像することが可能である。自分が向こうの場にいると想像することができる。この際、壁は本人の思考から消失し、存在しないものになる。

こうなれば、壁は存在すると同時に、無となる。現実の壁、ベルリンで、ドイツは、前は自由な行き来ができたのに、突然、東西間遮断の壁を作った。同じドイツ国民でありながら、戦後、西ドイツは英・仏・米の3か国で分割管理され、東ドイツはソ連が管理区域として支配した。西側は自由主義国家、東側はソビエト連邦共和制国家、両者間の壁は、現実に作られた。1961年から1989年まで続いた。この壁は東西ドイツ国民の壁、これが壊される時期が来たのである。どれだけ歓喜したか、私はこの時の報道を嬉しく聞いた。また、知人から貰った、破壊された壁の一部、小さなコンクリートの5、6㎝くらいのブロック、左右と後面はぎざぎざだが、前面には塗料が塗ってあった。厚い壁の表面部分である。

ドイツのユダヤ人収容所だったアウシュビッツなどは、厳しい壁で囲まれ、脱出できない。ゲシュタポが、夜間、霧に紛れて、気づかぬうちに、ユダヤ人を捕らえて収容所に入れた。かろうじて生き残った精神科医フランクルの著書『夜と霧』（池田香代子訳、みすず書房、2002年）の詳細な記録で知ることができる。この内容は本書の「二、屠殺と虐殺」でより詳しく書きたいと思う。

精神病院の閉鎖病棟は最近少なくなる傾向だが、この病棟に収容された患者は、厚い壁で仕切られた個室にいる。自由はなく、看護人とともに、外に出る。私はインターンの時、都立のとある病院の閉鎖病棟を見回り、個室内の患者の状況を見た経験がある。詳細については触れない。

留置場、刑務所に収容された方は、また抜け出ることのできない壁の中にいる。監視員の監視下で脱出はできない。また外部の者は、許可を得れば収容者との間のわずかに顔が見える程度の壁越しに、短時間の会話が可能であるが、ご両人の心の壁はどのようなものであろうか。

存在する壁は壊さない限り存在する。しかし、素粒子、降りそそぐ宇宙線は破壊なしに通過できる。この際、壁は存在するとともに存在しないと同じとなる。

国家間

現在ロシア―ウクライナ間の戦争には、原因となる壁があると思う。自由主義と共産主義の間の壁、欧米とロシア間の歴史は複雑である。第二次世界大戦終了後、ドイツの西側は、英・仏・米に分割管理、東側はロシア連邦に分割管理された。西ドイツと東ドイツに分かれ、西ドイツは自由主義寄りだった。一九八九年に東西の壁は無くなったが、一九九一年のソ連邦解体後のロシアには、歴史的経過を含め領土拡張への政府機関による要望が続いていたのであろう。この考えでウクライナに侵攻しているのであろう。自由主義国家は、ウクライナに多大な援助をしているが、一進一退、予断を許さない。ウクライナはロシア領土への攻撃を今のところ避けているようである。戦争の結果として多くの戦災孤児が生まれ、ロシアはその一部を、ロシアに移動させ、洗脳教育をし、養子にすることなどを進めているという報道があり、ジェノサイド条約には該当する項目はあるが、ウクライナは国連へ提訴していない。

日本の経験はまだ記憶の中にある。太平洋戦争では、南方の諸国内で戦った。その国はどれも欧米諸国の植民地であった。日本は多くの住民に被害を与えた。戦後はそれぞれ、その植民地は独立したが、日本が与えた被害への戦後処理は厳しいものだったと想像する。台湾、韓国は日本の植民地であり、同化への施策が様々行われた。戦後処理で、台湾は中国へ戻し、韓国は独立したが、中国も韓国も、日本との間の壁は大きい。台湾について言えば、中国が共産党と国民党の争いで、国民党は蒋介石をトップとしていたが、これが台湾に移った。台湾には原住民がおり、この間の壁も無視できない。台湾と日本の間の壁は比較的低く、日本に好意を抱いている人が多い。その原因は様々あると思う。一方で、韓国との壁は厳しい。何かにつけて日本を非難し補償を請求する。日本の、韓国への植民地政策が賢明でなかったつけである。思いつく一つは、韓国人に創氏改名を求めたことである。これは韓国人の自尊心を傷つけた最たるものである。日韓は多くの問題を抱えているが、最近、韓国大統領と日本の首相間の話し合いで両国間の壁が次第に低くなっている。日本と韓国は隣国。日本の文化の多くは、初めは中国の文化が韓国を経由して日本に伝わり、また韓国独自の文化が日本に伝えられたのを、日本独自の文化に加えて巧みに取り入れてきたものだ。明治維新前後からは欧米の文化も取り入れたが、依然として中国の古典は日本人の心に響き、多くの方が学び続けている。ここには壁がない。ただ現在、中国は共産主義国家であり、自由主義国家の日本との間には大きな壁があるのは残念である。

心の壁

これも社会で生きていくのに、大きな支障となるものを含んでいる。自分の心に壁を作っている人の特徴は、自分のことを言いたくない、感情を出さない、他人との交流をしない、などであろうか。また、自分の行為に対して相手も壁を作る、自分と相手の間の壁をどのように壊せばよいか、まさに、心理学のテーマ、簡単に言えば人生相談の範囲でもある。また、精神科や心療内科で取り扱う心の病気も心の壁と関係する。それらの詳細な判断、相談は専門家の領域である。精神科領域のある種の疾患で、自分で心の壁を取り払うことができない場合は治療により、壁をなくすことが可能であろう。

　自分と他人の間の壁は、壁を取り払って、仲良くなるか、壁で、相手からの働きかけを遮断するかは、まず、自分が決めることである。加島祥造の『受いれる』（小学館、2012年）、『求めない』（小学館、2007年）は自分と相手の壁をなくすことを述べている。中国古典、老子の思想による。「ありのままに」も同じ心境である。また、心については高橋伸忠の『心の持ち方ひとつで人生が変わる！』（PHP研究所、2019年）というタイトルの本がある。生きていく上で、自分と相手の壁の問題は避けられないだろう。

　社会には壁が無数に存在する。受験、資格、認定基準などである。これらも、必要なければ存在しないと同じである。新しい言語を習得するには多くの壁がある。手話を例にとれば、先天性聾者はひどい壁に囲まれている。壁は多くは周辺の家族によって穴が開けられる。これを次第に大きくし、口話などの手段で繋がる。特殊学級などに参加し、社会と繋がっていく。中途難聴者は既存の聴覚に頼る気持ちがあり、手話の習得に時間を要する。大きな壁だが、これには高さがあり、努力で少し低くしていく。壁がなくなるかどうかは本人が諦めないかどうかにかかっている。多くの指導書があり、辞書がある。社会での認知は最近とみに多くなった。壁はなくならないが、無視できうる壁と言えるだろう。

誰もが壁を持っている。自分の心に関係するか、社会の在り方に由来するのか、様々である。女性がぶつかる男社会での壁は現在の問題である。その際、壁を破るか、壁にぶつかって横にそれる（諦めて別の道を探す）かは、個人の決めることであるが、しかし、関係者の努力で、次第に壁は低く、またなくなる方向にある。国連が定めたＳＤＧｓの「誰一人取り残さない」方向も、誰一人にも壁を抱かないことに通じるが、最終的には個人の心にある壁をなくすことであろう。同様に、ＬＧＢＴへの差別感、壁についても同じである。これは現在の大きな流れで、誰も拒否できない壁の除去であり、壁の存在否定ではなかろうか。法律上の審議が議会でも進められている。

過去の考察

壁には古くから多くの考察があるようである。プラトンは「洞窟の比喩」で、囚人が洞窟の奥の壁の影を見ている。彼らには影は物理的な現実。ある一人が解放されて目にしたのは実体の形に似せて作られた石や木の疑似物体、これでイデア論、さらに二元論を論じている。現実の世界と魂の世界があるという。ちなみに、現在のテレビ、映画などは、壁を通して見ている。その画像はスタジオでのセットを撮影したもの、何か「洞窟の比喩」と似たものを感じる。同じ画面を見続ければ、視力に影響することも指摘されている。この所見も「洞窟の比喩」と似ているところがある。

安部公房は好んで壁を取り上げた。幼児期の半砂漠での原体験をもとに多くの作品を書いた。代表作『砂の女』（新潮社、１９８１年）、芥川賞の『壁』（新潮社、１９６９年）などがある。

「安部公房のばあい、この砂漠は同時に壁と言い直すことができる。砂漠と壁、それはちょうど万里の長城を築きあげているレンガが蒙古砂漠の土からなっているように、いわば同質素材からなる、同質の存在なのである。目路をかぎるものといってははるかな地平線の外に何ひとつない広漠たる砂漠は、同時に、われわれのつい目前にあって、われわれの目をさえぎっている壁と同じものであり、目の前の壁は、同時に、目をさえぎる何もない砂漠と同じものなのだ、云いかえれば、壁によって仕切られた内部の空間と、壁の外側にひろがる外部の空間とは、まったく同質の素材からなる同質の空間ということになる。この内部と外部との同質性の発見、同質であるがゆえに両者のたえまない相互浸透と自由自在な変換の可能性の発見そこにこそほかならぬ安部公房の独創性がある」（佐々木基一「安部公房『壁』解説」１９６９年、新潮社より引用）。

養老孟司の『バカの壁』（新潮社、２００３年）は有名である。ここでは、「つまり自分の知りたくないことについては自主的に情報遮断をしている。ここに壁が存在している」「ばかの壁とは人間がなにかを理解しようとする際、これ以上は理解できないという壁を意味している」と説明している。さて、この壁を破るのは、ばかの人か、賢人なのか。どちらにせよ壁を作るのは同じである。

私は色即是空《しきそくぜくう》、空即是色《くうそくぜしき》で色と空の間に壁を観念的壁として存在を想定した。これは自由に行き来できうるのである。

死

取り上げるのは、死の壁である。誰もが避けられない生と死の間にある壁のことである。生命がなくなる時、生と死の間の壁が取り払われる。植物人間では呼吸と心拍が維持されうる。治療によって、目を覚ましたり、話せるようになることもある。この際、壁はまだ存在する。脳死とは脳のすべてが働かなくなる状態で、人工呼吸器を外せばすぐに呼吸・心停止となり、医師の死の判定を待つだけである。呼吸・心停止、瞳孔散大、光反応なし、が死の判定である。死亡診断書は医師が記入するが、診察していた患者が死亡し、24時間以上の場合は、死後診察の後に交付する。24時間以内であれば、死後診察なしで死亡診断書を交付できるが、これは、例えば、当該患者の死亡に立ち会っていた別の医師から死亡状況の詳細を聴取できるなどのごく限られた場合である。病死、自然死では、その時点で生死の壁は取り払われる。だが、その後にも例えば毛髪が僅かに伸びる。細胞はまだ生きているのだ。これを医師は検知できないので、少し早めに死を宣告し、壁を取り払うこともある。また、死体検案書は、診察中以外の人の死因や時刻を医学的に証明するものである。事故死、突然死、自殺では、警察医や監察医による検死が必要であり、死体検案書が交付される。死因が特定できなければ、行政解剖を行う場合がある。

生から死は一方通行である。死後はどうなるか。どのような処理を受けても最終的には原子や素粒子となり、宇宙をさまよう。エントロピー法則で、これらの粒子が集まっても固形物にはなりえない。「色即是空　空即是色」は宗教の領域である。これをエントロピー法則で解釈するのは無理である。それでも、「色即是空」を科学的立場で解釈する試みがある。

空は無のこととの解釈で、無には絶対無があると想定するが、その中には粒子は存在しえない。死後の世界は宗教の中でも論じられるが、だれも死から復活した人はいないし、死後の世界を知る方法はない。キリスト教では復活についての記載があり、論議の対象であるが、私は全く分からない。輪廻転生を主題とした、三島由紀夫の『豊饒の海』（全4巻、新潮社、1969〜1971年）は三島の遺作として評価が高い。これも輪廻の間にある、いくつもの壁を経て成り立つと想像している。著名な社会科学者の小室直樹が、『新版　三島由紀夫が復活する』（毎日ワンズ、2023年）で三島は輪廻転生を社会科学的に解明したと称し、「三島の仏教理解が、いかに徹底したものか、その深さ、はるかに日本人を超えていると評せずんばなるまい」と書いている。「待望の新版」という新聞広告欄で見つけた。「われ生を知らず、いずくんぞ死をや」との孔子の言葉がある。生も死も自分では分からない。生死の壁を経た後、再び生の世界に戻るのは、粒子として存在している間に、偶然にも受精、妊娠、出産の中に取り込まれるからであろう。その確率は非常に低いがゼロではないことを信じる。

死について核エネルギーの点から検討してみる。ただ、現実とは関係ない計算上のことであり、宇宙の始まりとしてのビッグバン、暗黒物質等の未知の現象がありうるので、検討しても必ずしもすっきりしたものとはならないだろう。

死後、粒子として、多分地球上をさまようと思われる、死体粒子には核エネルギーが保有される。この粒子は不滅である。暗黒物質に取り込まれるとは思われないので、地球上の空間内に留まるのであろう。地球上の人類との間に壁は存在しない。それだけでなく地球上の人類は無意識にこれとの交流があるのではなかろうか。書いているうちに、『千の風になって』の歌詞を思い出した。生き残ったものとは、千の風で繋がっている。このことを考えると救いがある。死後を忘れることは避けるべきだろう。

死後の粒子は莫大な核エネルギーを保有する。アインシュタインの $E=mc^2$（E：エネルギー、m：質量、c：光速）で計算すれば物質1kgでの核エネルギーは広島原爆の1・5倍に相当する。死体の体重に応じて、その数十倍の核エネルギーが地球上にさまよう。現在、地球上にある核エネルギーの総量などを計算するすべを知らない。我々すべて、莫大な核エネルギーを持ち、これは死後にも変わらない。この点を考慮できれば、我々が生きている今、死後にも壁なしの繋がりを想像できるのではなかろうか。

人と人

人間関係はとかく難しい。夫婦間にも壁と言いたいことが多くある。一例を言えば、その人の幼児期の育ち方、以後に受けた教育、家族の事柄で、触れてほしくないことがあり、それが壁。触れれば相手のタブーに入り込むので、ややこしくて解決できない。この際、壁を破らないまでも壁の向こうを想像し、相手を思いやれば、壁はないと同じになって問題は解決するだろう。夫婦円満の「コツ」。これはほんの一例で他にも方法はあるに違いない。

日本人同士、外国人との間にも多くの壁を感じた経験はどなたも持っておられると思う。隣人、知り合い、上司、同僚、友人、先輩、後輩との間に壊せない壁があるのはどなたも経験していることである。家族でも親が子供と、どうしても通じないことを経験した人も多い。これは、両者間の壊しがたい壁と言える。これをどのように除去するか。人生相談とか、カウンセリングなどがあるが、不幸にも自分で悩むだけで終始した結果、最後は予想もしなかった不幸な結末となったことが毎日のように報道されている。

外国に数年住んだことのある私は、初めは言葉が通じなくて、相手との間に壁を感じた。同地域に住んで、交流が必要な人との間にも出身の違い、その他色々な壁がある。前から滞在していた人が、この壁を除去すべく、一生懸命に努めてくれた。壁は徐々に低くなったが、どうにも壁を壊さない方もいる。帰国後、そのグループの親睦会がよく開かれたが壁を壊さなかった方は参加していない。

外国滞在中の言葉の壁は避けて通れないことである。徐々に低くはなるが、そのためにはその国の方との交流がなければ、無理である。努力以外の方法はないだろう。

世代間

年齢にまつわる壁は多く存在する。例えば定年制である。自営業の人はどんなに高齢となってもやる気がある限り続けられる。でも、もうこの辺でやめようかと思うと、途端にいくつもの壁にぶつかる。後に続く人がいない時の壁は厳しい。それまで築き上げたものを壊し、自分は人生の最後の壁に向かって歩いていく。

定年制は公務員とか会社員などの定期雇用者に設けられ、これは国によって異なる。米国では定年制を設けていない。定年制の壁がない。2、3の国は米国と同じである。日本では、まだ定年制がある。企業や自治体によって違いがあった。公立小学校長の定年も都道府県でまちまちであり、かつては56歳の県もあった。また女性に特有の定年制があり、1969年までは、30歳としていた企業が多く、その年の裁判所は女性若年定年制は男女を不当に差別するもので、公序良俗に反するから無効と判決を下した。女性に設けられた壁、これをどのようにして突き崩せばよいのか、今となっては当時の女性の苦悩を察するだけでも、心の痛むことである。公務員、定期雇用者の定年は次第に引き上げられたが、定年年齢は65歳である。だが、職業によって違いがある。裁判官は65歳から70歳、議員は70歳と73歳、国立大学は60〜65歳、私立大学は65〜70歳、そして各種の団体、スポーツ界は独自に設定している。平均寿命が延びるにつれて、変更が今までなされてきている。決められた定年に、本人、家族にとっては大きな壁として向かい合う。なんとか壊すか、取り除くか、願うだけである。あるがままに、とか、ケセラセラとか言って済ませられるものではない。

年齢の壁がどこにあるかは、その人によって違ってくる。未熟児を入れる保育器そのものは壁といっても良いし、医師はその子の年齢の壁をどのように決めるか、できるだけ遠くに決めたいとの心で、日夜努力されている。正常に生まれ、育った人は、いくつもの壁に突き当たりながら成長し、幼稚園、小学校、中学校、高等学校、大学まで、いくつもの壁を乗り越える。卒後の長い人生、社会に入って、定年までのいくつもの壁、定年後の人生の最後までの壁、それぞれの分野の方が、どのようにして突破するか、説明も含めた本が多く出版されている。平均寿命が延びるに従って、自分が設ける壁は70歳の壁、80歳の壁、90歳の壁、１００歳の壁、それ以上にも設定できよう。最近この種の著作が出版されている。

和田秀樹『80歳の壁』（幻冬舎、2022年）、壁までの心得などが、説明されている。その筋の専門家の意見は重要である。勿論、健康寿命は、平均寿命より、約10年下まわる。私は特に自分の年齢の壁を設けていない。長兄は100歳で他界した。

認識

家そのものが壁を作る。特に、新型コロナで外出しにくくなり、家に閉じこもる時間が長くなった。壁を抜けて外に出ると、皆さんマスクで、話も控える。これは、大きな壁である。意思疎通に欠けるところがある。レストランに入れば、客との間に、何らかの仕切りがあり、これ自体、壁と言える。この生活が、いつまで続くのであろうか。家自体が壁、外に出れば、世界は壁で仕切られている。日常生活が壁の中で息をひそめている感じさえする。

高齢ともなり、自分の家の外に別荘を持つようになった。自宅はマンションで壁に囲まれているが、別荘では開放的。周囲は広く、木以外に遮るものはない。ここには壁が存在しない。家の周囲には落葉松、白樺、赤松などがあり、500坪は自由に動き回れる。道に出れば、同じような広さで様々なデザインの別荘が点在する。1、300mの高度、冬は使えないが、それでも永住する人が増えた。初期に小さな小屋を建て、13年後に大きな別荘に建て替えた。蓼科近辺、霧ヶ峰も近く、八ヶ岳登山道入り口にも近い。何回通っただろうか。中央高速で簡単に行ける。仕事に差し障りのないように日時を決め、普通は2日ほど、夏場は1週間くらい、頭にある壁を消すように、ゆっくりした。定年前に蓄積された疲れ、頭に入り込んだいくつもの壁は、定年後の半年の別荘通いで、きれいに取り払われた。

別荘には中央高速を小淵沢で下り、公園道路を使うことが多かった。秋には道路両側の落葉松が見事に黄色の葉で埋まった。これだけで来た甲斐を感じた。隣の駅、富士見の近くに堀辰雄記念館がある。一度出かけて休館だったが、敷地内に雰囲気を感じさせる古い建物が残されていると聞いた。ここは堀辰雄の『風立ちぬ』（岩波書店、1956年）の基になった場所である。結核で富士見高原療養所に入院、同時期に入院していた節子との心のやり取りが、きれいな文章で書かれた小説で、冒頭の「風立ちぬ いざ 生きめやも」は多くの人の心に響いた。私も何かあるたびに、これを口ずさんでいる。ポール・バレリーの『海辺の墓地』の詩の一文、原詩は手元にあり、時に読んでいる。

別荘近辺にはいくつかの美術館などがある。茅野市尖石縄文考古館には、国宝の「縄文のビーナス」「仮面の女神」をはじめとして、当地で発掘された多数の土器が展示されている。八ヶ岳美術館には、彫刻家清水多嘉示の多くの彫刻が展示されている。いずれも見事な作品である。私は「鳩を持つ」を購入して、私の椅子の付近に置き、常時眺めている。

初期の頃から、別荘に行くたびにノートに記録を書いた。新しい別荘を建ててからも継続し、3冊となっている。初期の山荘録は、本書に載せた。

別荘は、家族誰でも使える。子供たちは、時に友人を誘ってやって来た。車山でスキーをしたり、娘はテニスをしたりと、それぞれ楽しい時を過ごしたようだ。この人たちも、ノートに記録を残している。私は80歳で運転をやめた。幸い、人身事故を起こさなくて済んだので、これをキリとして、運転を諦めた。結果として、別荘には行けなくなった。車がないと、どこにも出かけられないのである。別荘は息子に譲り、管理もやってもらって、家族全員が使えるように依頼した。別荘地の借地契約、家屋登記も済ませた。

よく使い管理しているので、安心している。この別荘もまだ10年、20年は使えるのではなかろうか。息子が定年後、ここを使ってインターネットの遠隔作業もできるだろう。

長く使ってもらいたい。家族にはこの機会に日常の面倒な壁を取り払ってもらいたいと願っている。

障害

私は中途難聴者である。補聴器を使い、手話を勉強している。このいずれもが、大きな壁であり、それをなんとか柔らかい壁にしようと、日常努力している。この壁は終生なくならないであろう。一度、損傷した内耳は回復できない。

壁が作られたのは、もう20年ほど前であるが、その前に兆候らしきものもあった。初めの経験は、国立がんセンターに勤務して間もなくの頃である。私は放射線の身体への効果を増強することに興味があった。いくつかの方法のなかで、細胞は無酸素環境下では、放射線効果が減少するが、がん細胞は無酸素の状態にあることが、基礎研究で示されている。臨床への応用の際の無酸素状態を解消する方法として、高圧酸素チェンバーが考案され、実用化への努力が続けられた。私はこの臨床研究に参加していたが、ある時、三池炭鉱で事故があり、採炭していた人の多くが鉱道から脱出不能になった。救出作業が進められて、救出された方は長時間の低酸素状態で生きていた。急遽、チェンバーを自衛隊輸送機で運んだ。私は同乗したが、機内の騒音は著しく2時間ほどはこの状態にあった。到着して運び出しをした際、担当者として、数人の報道関係者の質問にマイクで話を求められたが、なにしろ長時間の騒音下にいたので、質問は聞き取れず、返答も自分の耳には入ってこなかった。聴覚の一時的機能不全、これは徐々に回復した。これは私と報道関係者との間の一時的壁といえよう。これに類似した経験はいくつかある。友人と別荘地を見に行くときにバス内で話しかけられても、聞き取れなかった。また、親戚の集まりで帰りにエレベーター内で話しかけられても、さっぱり聞き取れなかった。どうやら、私の聴覚は正常ではないらしい。50代の時の経験、それまでは何も聴覚について異常を感じることはなかった。

決定的に聴覚障害を意識したのは、一つは別荘の下に潜って、床下で金槌で木工作業で釘を叩き込んだ際、狭い空間なので、左耳近くで大きな音が出てしまった。長時間に及び、終了したときには、左耳が難聴になっていた。さらに、ポータブルラジオで、左耳栓をつけて電源を入れた際に、音量が最大に設定してあるのに気づかず、大音量が耳に入り、結果として、左聴力は低下。これは内耳損傷を起こした回復不能の音響外傷である。この状況ではまだよかったのであるが、自分としては、まだ聞こえる右聴力を大切にせねばならないとつねづね言い聞かせていた。ところが何という不運か、右聴力は、後年突発性難聴となったのである。突発性難聴は唯一薬物で治りうるもの、ステロイドの点滴を続ければ、多くは回復する。ただし、私のような高齢者には効果が期待できない。残念なことにこの時点で私は難聴者の仲間入り、健聴者との間に壁が成立した。

聴覚障害者と社会との壁を少しでも改善するべく、いくつもの方法が採用され、試みられている。補聴器、人工内耳、手話、電話リレー、その他、多数の方法がある。社会では、手話講習会、サークル、サロンなどで、同障の人が繋がる。いずれも聴覚障害者間の壁をなくしたい試み、社会福祉協議会の役割が大きい。手話は、現在はテレビなどでも頻繁に放送されており、ニュース、立候補者の立会演説、国会中継などで、重要な時には、手話通訳士が付く。公共施設、病院などにも、手話通訳者が多く見られるようになった。この傾向は今後ますます強まり、改善されるであろう。手話通訳士には、いくつもの段階で試験があり合格しないと、その役割はできない。厳しい壁をいくつも乗り越えて得られる資格である。

視覚障害者にはより厳しい壁が社会の至る所に存在する。情報の多くは視覚によって得られる。聴覚障害者以上に、得られる情報は少ない。視覚障害者と社会との間の壁は厳しく、対応としては、道路の点字ブロック、エレベーターの点字、道路横断でのサイン、多くの点字本など、対応は様々であるが、それにもかかわらず、駅のホームからの転落死が時折報道される。その都度、関係者は反省、謝罪、そしてより安全度を上げていく努力をしている。

身体障害者や心の障害者たちにとって、社会との間の壁は大きく、それをできるだけ取り除く方向の施策が取られている。障害者差別解消法などもある。会社などで障害者を採用する割合が法律で決められている。一方で、障害者も積極的に、社会への参加を求められている。パラリンピックでの目覚ましい活躍、聴覚障害者のデフリンピックは2025年に東京で開催される予定である。

障害者が事故なしに住める社会を目指す、社会との壁をなくすのが最終目標であり、その過程で色々な方式が考えられている。ユニバーサルデザイン、誰もが暮らしやすい社会を目指した取り組みである。バリアフリーはその一つであり、障害者も国連サミットで定めたSDGs（持続可能な開発目標）の、共通目標である「誰一人取り残さない」に障害者も組み入れられる。

身体障害者、心の障害者に関する著作は多い。重複障害者ヘレン・ケラーの教育、社会活動など、多くの自伝などでよく知られている（ヘレン・ケラー『奇跡の人　ヘレン・ケラー自伝』新潮社、2004年）。日本にも2度来られた。日本でも、聾教育、聾学校などの歴史は古くから存在する。

会話

日常の会話、手話での会話で感じる壁についてである。

「どうも相手の言うことが分からない」。この際にも壁があるように思う。何が原因だろうか。相手もこちらの話し方が理解できないのか、こちらが相手の話す内容が理解できないのか。話し方は人それぞれである。早口、回りくどい、話す順番がよく分からない、すぐに別の話題に移ってしまって、ついていけない。これも壁と言えるだろう。内容が分からないに関しては、いくつかに分類してもよさそうである。相手が正常、性格など支離滅裂な話をしてもすぐに異常とは言い難い。しかし、病気である場合もある。脳の言語中枢からの伝達が何か狂っているのだろう。これは病気の部類である。正常な人なら、前述した養老孟司先生の『バカの壁』に書かれている。これ以上求めても理解できないからやめると言って壁を作る人である。

もう一つは言語中枢そのものの疾患である。いくつもの疾患に関係があるが、症状の中の言語障害は「失語症」と「構音障害」に大別される。構音障害では、声が小さい・大きい、声が低い・高い、発言不明瞭、もつれる、ふがふが声、速度が遅い、リズムが不自然などで判断される。言語中枢異常以外の疾患でも、言葉が聞き取りにくいことがある。例えば、ダウン症、発達障害などにも見られる。これらは、正常に近い人もいて明瞭な区別は難しいが、やはり壁の一つに加えてもよさそうである。言語中枢は大脳のブローカ中枢にあるが、最近は少し広い範囲が考慮されている。失語症に似た失声症は、脳の異常は全くなく、ストレスなどが引きがねとなっており、回復しうるものである。

手話を学ぶ時、中途難聴者にはこの壁が特に強固である。覚えられないし、すぐ忘れる。微妙な手の表現で意味が違ってくる。相手方はこちらの手話表現が読み取れない、こちらが悪いのか、相手が未熟なのかも分からない。「壁」の手話表現は、右手掌を横に向け、下から上に挙げることで表現する。壁を壊すには、努力しかない。努力の手話表現は胸の前で左手掌に当てた右手人差し指の指先をねじりながら前に押し出す表現で示している。両方とも手のひらは壁を示しており、努力はそれをねじり押し出すという意味の表現である。

医療

病気を持っている方、患者への治療などにも関係する内容で見られる壁についての考察である。患者と医師の双方から考察せねばならない。まず患者としてみれば、初期の違和感、進んで発熱、その他、病気によって様々な症状により、自分が何か病気のようだと感じる、または、はっきりと病気を認識する。転倒、骨折などはすぐ診断できる。症状は疾患によって違うし、進行前の違和感からはっきりと自己診断できる場合や、医師の検査によって病気を指摘される。その原因とか診断などはとりあえず、今は考察の対象から除外して、患者の立場での壁を考えてみる。初期には、病気の壁がどこにあるのか、どの程度のものかなどは分からないので、困惑する。正確な診断のため、医師の診察を受ける。これも多くの方にとっては、嫌な壁である。様々な診断機器で担当者の言われるがままにしなければならない。多くの患者にはこれが、動かせない壁と認識されている。この壁の無い人は、もう人生を諦めた人かもしれない。もっともそのような方は病院には行かないと思うけれど。その後の治療も同様に、多くの壁に囲まれている。病院全体が、受付から会計に至るまで、診察、検査、治療を行う場であり、これはすべて壁で囲まれている。最近の病院では患者様と敬称で呼ばれることが多くなった。患者を大切に思うのは、非日常の場で戸惑っている多くの壁を抱えた患者の気持ちを大切にしている表れである。一方で医師、看護師、その他の医療関係者の立場で考えてみると、多くの人は、自分の仕事は患者を治し、楽にし、正常生活に戻すためのもの、患者の要望に応えて、状況を良くするという以外の何ものでもない。自分の利害が優先されることはない。従って、この仕事は天職と言われる。患者へは、何らの壁はない。このことに気づいていただければ、患者の中にある壁はすべてなくなるのではなかろうか。しかし医師も人間である。患者に接していない時間に趣味を楽しむ方も多い。しかし、この間でも担当患者のことを忘れることはない。また、緊急時には、どこにいても戻って対応する心の用意がある。

この医師の24時間体制に対して、最近は「働き方改革」で、「医師の時間外労働規制について」を厚生労働省が発表した。

それでもまだ、病院に行くのは絶対いやだ、と言う人も多い。そのような人にとっては、病院への壁が頑として立ちはだかっているのだろう。

がん

死亡率の高位となった。治療法の進歩や発見の早期化によって、5年生存率は上昇している。高齢化に伴って、多重がんが増えた。一つでも、死に繋がる病気、それが時期を変えて別の臓器に発生するのだから、患者の心配や苦悩は容易に想像できるだろう。

がんを克服できるのかどうか、がんの壁を打ち破れるかどうか。がんの治療法は進歩した。しかし、これは、出来上がったがんに対してである。壁はがん遺伝子を持っている。がん遺伝子によって、正常細胞とは異なり、増殖を続けている。細胞分裂が無限に続く。がん遺伝子の損傷である。最近の遺伝子研究の進歩は目覚ましく、がん抑制遺伝子が見つかり、細胞の増殖抑制、細胞死の誘導などが研究されている。これでがん発生が抑えられるかどうか研究中であるが、厄介なのは遺伝子突然変異である。これががん遺伝子に起こると、細胞の異常増殖を起こす。突然変異を引き起こすのは、煙草などの刺激物質。これは早くから知られていて、煙突掃除夫の皮膚がん、東大病理の山極先生による、コールタール発がんがある。また突然変異を起こす原因として、放射線がある。多量の放射線を浴びた場合、発がんの可能性がある。その閾値の有無については議論の余地はあるが、原爆での研究では、100ミリシーベルトを超えたあたりからリスクが増加する。胸部エックス線診断では0・06ミリシーベルトくらいである。発がんの可能性は殆どない。福島原発事故で、大量のアイソトープが拡散し、ヨウドアイソトープもあり、それは甲状腺に集まるので、予防のため、ヨウド製剤を多くの人が服用した。

がんの壁は発がんで、遺伝子突然変異を考えると、防げないと思うが、研究者は諦めずに、研究している。

出来上がったがんに対する治療は、大きく外科療法、化学療法、放射線療法、免疫療法に大別されている。私は放射線治療を専門にしていた。出来上がったがんでも、適応されるものは多い。また、緩和療法にも使われることがある。まだ転移していない段階なら、根治治療が可能である。腫瘍に放射線を集中させ、長年の経験から決められた放射線量を照射する。最近では技術の進歩が著しく、CTやMRIを組み込んで、正確な腫瘍位置を確認しながら、照射できるようになり、放射線量を増やすことで、治療成績は一段と上がった。以前はラジウム針を使って、舌がんなどが治療された。現在は密封小線源による組織内照射が前立腺がんに行われている。私は舌がんのラジウム針を使った治療が得意だった。伝統的な針の配置を習得した。多数の患者が治癒した。治療が無事に成功し、退院許可が出るのは、家族にとっては一日千秋の思いである。ある男性は私がきれいに治療して帰した。家族の喜びは生半可なものではない。夫人は勿論、小さな子供は父親に泣いて取りすがり、寝ている間にも「パパ帰った、パパ帰った」と、うわごとで言っていたと聞いた。一方で、私の説明不足で、家族を不安にさせたこともある。学齢期の人で頭頸部がんであった。組織診断から、放射線では治りやすいものだった。ところがそのようにたやすいものではなかった。私は年齢の低い人のがんは、予期せぬ進展を見せることがある、ということを十分に説明していなかった。家族は子供が悪い方向に向かうと、その理由も知りたがったし、怒りもあった。私の家にしばしば来られたが、いつも不在だった。父親はその顚末を雑誌に投稿した。私はこの人との間に壁を作ってしまったのである。苦い経験だった。また、私が治療した人々を20年後に診察した。適正量で治療した人はきれいに治っていた。がんが頑固で、放射線量を多くした人には、照射された局所の正常組織に障害が出ていた。別の機会に幼児の網膜芽細胞腫で、眼球を摘出した後、予防照射で眼窩に照射をした。成人では治療で使う放射線量だったが、眼窩の成長が阻害され、少し引っ込んでしまった。元気なその子は片眼で小学校生活を活発に送っている。家族は何ら文句を言ったりしないが、私は幼児が成長したときに、女性として、きっと気にするのではないか、との危惧が消えなかった。成長期の組織に放射線の影響は大きいのである。

がんにならないような研究は是非続けて行い、成果を上げていただきたい。一方で、出来上がったがんの治療を天職として行っている人が多い。臨床医と研究者の壁は必要ない。取り外して、情報を共有せねばならない。

新型コロナによる分断の世界

新型コロナは世界の分断、多くの壁を作った。日本も逃れることはできなかった。日本では新型コロナの感染者数が時間を横軸にとって、患者数を縦軸で示すと、波型となり、これが繰り返されて、現在（2022年9月）は、第7波が終わりに近づいている。今後、再燃するかどうか気にかかる段階である。政府は今回、今まで続けていた規制を解除している。しかし人々はまだ必ずしも納得しておらず、対応を怠っていない。最もひどい時には、政府は商店など、人々が集まる所の営業を自粛させ、休業が続いた。学校や、興行も開かれなかった。営業時間の短縮で済んだ所もある。政府はそれぞれに対して、損失利益に対する補助金を支出した。しかし、これだけ長く続いたので、政府の財政に少なからぬ影響を与えた。

1918年から世界中で大流行したスペイン風邪は罹患者が多く、多数の死者が出た。今回の新型コロナの感染は、よくスペイン風邪と比較されている。スペイン風邪は1918年から1921年にかけて、世界中の人口の4分の1が罹患した。死者数は4千万人にも達した。日本でも2千3百万人が感染して、33万人が死亡した。原因はウィルスである。スペイン風邪の時の経験は当然役立つが、医学の進歩で、今回は原因ウィルスの遺伝子分析や検査ができる時代であり、より正確な情報が共有できるようになった。スペイン風邪時代よりも世界人口は増加しているので、スペイン風邪は2年ほどで、新型コロナは数ヶ月でパンデミックとなった。世界人口の増加、各国間の交流が容易となり、都市部への人口密集などで、パンデミックが短期間に起こったのである。

新型コロナは一般的には飛沫感染、接触感染による流行であり、中でも飛沫感染の頻度が高い。これは、患者の咳、くしゃみなどを介して他人の呼吸器系に入るからで、入り口は鼻孔である。それらの対策として、密閉、密集、密接の、いわゆる3密を避けることが、最も大切な予防法として指導された。その方法に加えて、手洗い、うがい、マスクの着用も定着した。ある人は「顔面蒼白」をもじって「顔面総白」と言っていた。新型コロナに罹患すれば、他人への感染はすぐ起こるし、高熱や肺炎で亡くなる人が多く報告された。多くの患者が入院して隔離され、重症化すると人工呼吸器も必要になった。病院の緊急病棟は、コロナ患者の閉鎖病棟になり、他の緊急患者が収容できないことが問題になった。症状がまだ出ていないコロナ患者も他人との接触で感染させるので、問題は複雑になった。後遺症も問題である。幸い回復しても、胸部レントゲン検査で所見が残り、疲労感、倦怠感、味覚・嗅覚障害が報告された。

国の指針で、感染者の増加に伴って、休業や営業時間短縮が要請され、多くの集会なども自粛され、学校では休校が続いた。商店などの利益が得られない状況には政府がそれを負担した。現在は第8波が収束に向かっているものの、まだ少数の罹患者がおり、国民は3密回避などを続けている。今後、再びの再燃を危惧される人も多い。

政府は新型コロナ発生直後、コロナ対策本部を立ち上げた。本部から様々な情報が発せられ、日本国民はその情報の共有ができた。対策本部をリードしたのは、尾身茂氏である。彼は、自治医大出身で公衆衛生学を学び、その分野で活躍、世界保健機関（WHO）の西太平洋地域事務局長になり、そこでも活躍した。優れた業績として、急性灰白髄炎（ポリオ）の根絶のプロジェクトを指揮し、根絶させた。日本人の全員がそのウィルスへの免疫を獲得しているということだが、現在でも混合ワクチンの中に含まれている。過去に、根絶したと考えられていたウィルス感染症が、思わぬ時に出てきたことを考慮すれば、賢明な対策である。この尾身氏がリードされたのである。対策の多くを尾身氏にゆだねた。コロナ感染者数の減少、収束を見越して、政府は令和5年4月27日、対策本部の基本的対処方針の廃止を決め、同時に対策本部を廃止した。それに従って社会生活では、コロナへの壁を取り除く方向にあるが、国民は依然として、警戒を緩めることなく3密を維持し食堂などでは、客との間の透明な壁を除去していない。病院では外来患者に対して入り口で、サーモグラフィーによる体温測定を続けている。今までと変わりない。電車内、道を歩く人もマスク無しの人は少数である。政府の方針に納得していない、自衛の対策である。

問題として解明されていないのはウィルスの発生源である。スペイン風邪は、初めはアメリカのカンザス州に起源があると言われた。当時1917年の戦争で、徴兵制度が敷かれ、全米の田舎から、若者が訓練所に集められた。ここがウィルス感染を広げる環境を作ったというのである。ウィルスに感染した若者がヨーロッパの戦争に派遣され、ウィルスはヨーロッパへひろがった。一方で、中国説は、英国とフランスの後方支援で96、000人の中国人労働者が動員されて、パンデミックとなったというのである。スペインでは3回のパンデミックがあった。多くの患者が発生したものの、発生源ではなかった。当時の情報統制で各国は殆ど報道しない中、中立国であったスペインだけが患者の発生を報道したので、スペイン風邪と名付けられたのである。スペインとすれば大迷惑である。本来のウィルスの起源はどこにあるのだろうか。インフルエンザの親戚である。ウィルスは動物起源が多い。スペイン風邪では、豚、鶏、アヒル、ガチョウなどが取り上げられた。しかしまだ特定されていない。

新型コロナは電子顕微鏡での検査ができる。ウィルスは一本鎖ＲＮＡを持っていることが分かっている。これは変異しやすく、多くの亜型があることが分かった。ウィルスの検出法も進歩した。ＰＣＲ検査は簡単に鼻粘膜を擦って得られた検体で、ウィルスの有無を検査できるようになった。問題はウィルスの発生源である。こうもり説が有力であるが、一方で、中国の武漢ウィルス研究所に保存してあったウィルスが、外部に漏れた説がある。これらのウィルスはこうもりから採取したものである。これがいくつかの中間宿主を経ていると考えられ、中国の食料品売り場にも疑いがかけられている。ウィルスの起源の真相はまだ解明されていない。日本では、２０２０年１月３日の武漢滞在中に発熱があり、１月６日に帰国した日本人が、初めはインフルエンザ陰性で自宅療養していたものの、症状の悪化で受診、胸部レントゲンで肺炎所見が確認された。改善しないので、医師は疑いを持ち、管轄保健所へ報告、その行政検査で、確定診断に達した。これが日本の新型コロナの第一例であり、ＷＨＯへ報告した。家族も多く感染した。これを契機として、日本全国に感染者が発生した。その後は何回ものオーバーシュートを繰り返した。これを見ると、武漢説は否定できないが、ウィルスの発生源はこうもりであろうか。

新型コロナは日本だけでなく、世界全体が分断の社会を作った。社会の最小集団である家でも、壁が作られた。我々が経験した多くの壁は、次第になくなる方向にはあるが、油断はできない。外国からの入国の壁もなくなりつつあるが、将来、再び、壁に苦しめられる可能性は否定できない。

自分の中にある壁

難しい問題だが、壁をどのようにとらえるかで説明は違ってくる。対人関係で自分が疎外されているなら、その人との間に壁があると言えるだろう。私が相手との間に壁を作ったかどうかを反省してみても、私には誰かを拒否した記憶がない。私の長い人生で、壁を作られたことは、何回かは思い出せる。一つは大学医局で、ある人から嫌われて、私のすることを、認めなかったりした。その方は周りや、私がまだ始めたばかりの専門分野はすべて理解できている、という態度であった。そして自分が最も正しく、他人の言うことは馬鹿な発言としていた。私は、その時に心の中で、この人とは同じ土俵には決して上がらないと、自分に言い聞かせた。彼には優れた面が多かった。咎められるのは私で、すべてを受け入れている私を不甲斐なく思ったのであろう。馬鹿者に見られていただけである。

次は仕事上の問題である。私は自分で壁を作ることは、今まで経験がない。定年後の勤務先では、多くの人間関係があったが、私は相手の希望に逆らったことはなく、おのずから、壁はできなかった。相手も壁を作らなかった。でもある施設で、高年齢にもなり、何ら、先方に迷惑など掛けていないのに、次第に仕事が少なくなり、最後は自然に行けなくなった。相手側が徐々に壁を立てていったのであろう。

デカルトの「我思う、ゆえに我在り」は名言である。私は「思う」の壁を感じた。思う側の自分は存在し、思わない側の自分は存在しない。思わないということは、自分の存在否定である。「思う」の壁がある。私は壁のこちら側にいたい。そのためには思うことであり、これは思索を意味する。厳しいデカルトの言葉と理解している。

もう一つは存在理由（レゾンデートル）であり、これは集団の中に自分がいるのはどのような理由があるのか、という意味と簡単に解釈している。フランスの哲学者の言葉だが、名前は分からない。集団内に自分がいるのは集団が自分を必要としているからなのか、自分が集団に入りたかったのか、集団内での自分の役割は何なのか、それが集団にとって、また自分にとって良いことなのか、などを一度考えてみてください、というときに使われる。集団内には多くの壁がある。このことをわきまえた上で、ここにいるということの反省でもあろう。

壁をなくす生き方

色々な壁を概観しよう。生きている場は、大きくは地方自治団体で、社会全体でユニバーサルデザインが進みつつある。自宅近所の踏切も「開かずの踏み切り的」だったが、電車の線路を持ち上げる作業が進行中である。何年か後には、高架化された線路を踏切なしに自由に通行できる。これは一例であるが、住民の人々のアメニティーを高める施策が進められている。この壁をなくす方向に反対する人はいないだろう。周囲の人々の同意、騒音対策など、関係者は決定までにかなりの努力があったに違いない。バリアフリーとは、壁をなくすことの英語表記である。このような施策が各所で進められている。時代が進めばもっと壁のない社会となる。これは全員の喜びである。私は社会の全員との壁をなくしたい。これはどの人にも言えることで、壁をなくすには、自分以外の方との間の壁を、こちらから取り外すことである。

社会には多くの場があり、そのどれかと関係し、その場に入った時に、自分で、壁を持たないことである。その場にいた先輩は壁を持つかもしれないが、心が通じ合えば、いずれ、相手も壁を壊すと信じることである。これが壁をなくす生き方である。

不幸にして病気になったりすると、色々な壁がある。病院へ行くのに壁を意識している人は多いようである。これには、まず相手を信じることで、壁はなくなるかもしれない。不安を持つ人は信じることが中途半端だからだと認識して、信頼感を深めることである。もし認知症になれば、世の中の壁は意識しなくなるだろう。同時に多くの思い出は淡くなり、人との交流がなくなる。これは壁のない世界に生きていることを意味する。これを良しとする方は少ないと思う。我々は壁に囲まれ、いかにそれを壊して通じ合えるか、努力することに生き甲斐があり、私も同じである。

国連が最近、ＳＤＧｓの17の目標を発表した。ＳＤＧｓとは、持続可能な開発目標のことである。共通することは、「誰一人取り残さない」ということで、これは世界のどの人にも壁を作らない心と同じである。この際、17の目標を書き出してみる。それに関与される人は、その分野での壁を認識して、それを除去しようと努力することが求められている。

17の目標は、貧困、飢餓、保健、教育、ジェンダー、水―衛生、エネルギー、経済成長と雇用、インフラ―産業化―イノベーション、不平等、持続可能な都市、持続可能な消費と生産、気候変動、海洋資源、陸上資源、平和、パートナーシップである。

最後の壁は死である。だれも避けて通れない壁、これは死とともに消失する。それまでには、いくつもの壁、心の壁があり、物事を進めるときに、遭遇する壁は、うち砕く努力をすることが、壁をなくす生き方と認識している。

本章のおわりに

「壁」という言葉は、至るところで使われる。現実に存在する壁、空想上の壁、地球と宇宙、国家間、生死、年齢、教育、生涯、障害、その他、頭脳内、政治、経済、家庭内、その他至る所に壁があり、不都合なら除去する努力が必要になる。

本稿では「壁」を多面的な観点から概観した。個々についてはより深い考察が必要である。

二、　屠殺と虐殺

ロシアによるウクライナへの攻撃が続いている。大国が何の法的根拠もなく壁を越えて他国を侵略していく。由々しき事態だ。中国もチベットを激しく弾圧し続けているし、台湾も同じような危機に晒されている。日本も他人事ではないはずだ。計画的に抹殺、あるいは破壊する意図をもってなされる行為を「ジェノサイド」と呼ぶ。虐殺と同類の言葉、これは後で詳しく触れることにする。人間が家畜にする行為も同じように思える。これは屠殺と呼ばれる。

屠殺

肉には代表的な3つの種類がある。鶏肉、牛肉、豚肉だが、これらがどのような過程で食物になるか考えてみたい。

食肉処理施設の設置には、いずれも法的規制がある。鶏の場合は食品衛生施行規則で食肉処理業として申請し、許可が必要である。今は大量の鶏肉が消費されるので、自動処理されている。私が問題にするのは、その殺し方である。自動処理でどのようにしているのか知らないが、ものすごい数の屠殺はどのようになされているのか。昔は個人宅で鶏を飼い、いざそれを食べるときは、鶏の首をひねって息を止め、首を切り落とし、逆さまに吊るして脱血していたと記載されている。時に鶏インフルエンザで大量の鶏が数日かかって処理されたことが報道されている。

私の家ではクリスマスの時にローストチキンを買っていたが、今は、部分的に少量を買って、妻が料理し、時にはデリバリーを依頼している。

屠殺という言葉はそれ以外の家畜にも使われている。と畜場法の第一条に「獣畜の処理の適正の確保のために公衆衛生の見地から必要な規制その他の措置を講じ、もって国民の健康を図ることを目的とする」と書かれている。獣畜とは、牛、馬、豚、めん羊、山羊である。

この法律の中の、と畜場設置基準に従って申請許可されて、工場が出来上がる。どうしても気になるのは、その殺し方である。一応の解説はあるが、屠殺場へ移動する間に彼らも殺されることを自覚しているように思われる。昔、アメリカ滞在中に牛の屠殺場へ行ったことがある。大量の血液が研究に必要だったためである。その時に目撃したステップをここに記載するには耐えられない。もう二度と見たくない。現在、オートメーションされた工場では、従業員は特に心を痛めることも少なく、仕事と割り切っているのであろう。そのおかげで我々は食肉を食べているのである。

魚は水中生物で、空中に出れば間もなく死ぬが、新鮮な食料にするには、できるだけ早く気絶処理することが必要がある。例えば頭部を叩いたりする。ヨーロッパでは法律で養殖魚を殺す前に気絶させることが義務づけられている。国連では世界保健機関で「養殖魚の福祉」の規定があり、実施は国によって違うが、日本では動物愛護管理法の基本原則で決められている。新鮮さを保つため、早期に冷水に入れて、運送される。

動物全体を含め、殺すことを「殺生《せっしょう》」と言っている。仏教の言葉であるが、本来仏教では生き物を食べない。イスラムでは豚肉を食べない、その他の宗教にも色々なタブーがある。

虐殺

いやな言葉。惨い方法で殺すとか、むやみやたらに殺すとか、主義や主張、結社などの意見の異なるグループを、非戦闘員や一般市民を含めて殺すとか、法的定義、基準は曖昧である。

国際法上では、虐殺の一種であるジェノサイドを「国家、民族、人種的、宗教的集団の全部、または一部を計画的に抹殺、破壊する意図をもって行われる行為」としている。集団殺害、大量虐殺を意味する。

今のロシアによるウクライナへの無差別攻撃は虐殺といえるのではないか。日本の戦国時代でも、敵の城を攻め落とした際には、敵方すべてを殺し一人も残さなかった。虐殺で相手を抹消した。古代から、民族の戦いで相手を抹消することが繰り返されていて、現在があるが、まだ同様なことが行われているのは情けないことである。

ジェノサイドという言葉は、ギリシャ語の人種、部族を意味するgenoと、ラテン語の殺人を意味するcideを合成してできた言葉genocideである。また、提訴は国際司法裁判所にて行われる。ジェノサイド認定は慎重であるが、国際関係は難しく、本来、私が言及するのは難しい。

1998年に国連で採択されたジェノサイド条約（集団抹殺犯罪の防止及び処罰に関する条約）がある。定義の4番目に「集団における出生を防止することを意図する措置を図ること」があり、優生保護法はこれに該当する。我々聴覚障害者の仲間にも犠牲者が多数いることは忘れてはならない。

ジェノサイドについては多く記載されている。有名なのは、ドイツがユダヤ人抹殺を意図したホロコースト。この中にアウシュビッツなどに強制収容されて奇跡的に生き残った精神科医で心理学者のフランクルが後に書いた『夜と霧』（Trotzdem Ja zum Leben Sagen, Penguin Verlag 1977）は、名著として世界中で読まれた。ゲシュタポが夜と霧に紛れて、人に知られない間に、ユダヤ人を捕まえ、収容所に入れた。監視の目は厳しく、中に入れられたユダヤ人たちは、ひどい環境、不十分な食事、自分が生き残れるかどうかも分からない、他人のことなどかまっていられない、いつガス室へ連行され、殺されるかも分からない状況下にいた。フランクルは僅かな紙きれに、メモを残し、入所者の心理状態を観察した。幸い、戦争終結で解放され、直後に記録を書いたのが、日本語訳『夜と霧』（池田香代子訳、みすず書房、２００２年）である。

精神科医のフランクルは、人生の意味について、これは、こちらから問いかけるものではなく、人生の方から問われている。つまり人生があなたのなすべきことなどを問うている、と解釈している。そして、哲学の価値に新しい項目を提起した。創造価値、体験価値、態度価値である。何かを創造すること、何かの体験で心に響くこと、何もできないような時にでも自分がどのような態度がとれるか、このいずれもが、人生には生きる意味があることに結びつくと説明している。

ちなみに、強制収容所のひどい環境で、多くの伝染病が発生。寄生虫などによる伝染病が多く、特に発疹チフス感染での死者が多数を占めた。『アンネの日記』（深町眞理子訳、文藝春秋、1994年）の著者アンネ・フランクもユダヤ人で、アウシュビッツで、発疹チフスで亡くなった。私は今、『夜と霧』の日本語訳を読み、ドイツ語原著もときに読んでいる。原著の方が状況、思考を正確に伝えてくれるように思う。

広島、長崎への原爆投下もジェノサイドの例として挙げられている。ジェノサイドから離れるが、集団を一つの考えで纏めて動かすのは、国でもグループでも怖いと思う。今の北朝鮮の在り方は、他の集団にもあるのではなかろうか。歴史的にも、宗教間の争いには恐ろしい記録がある。神道は日本人の心に入り込んでいるようで、問題になることは少ないが、韓国は前に韓国元軍人、軍属、遺族の靖国合祀絶止、遺骨返還、謝罪、補償請求訴訟を提出し、東京地裁への控訴判決で、「本件控訴をいずれも棄却する」判決が出されている。

優生保護法についてはジェノサイドに含まれるが、いくつもの対象疾患が特に遺伝性と考えられ、さらに伝染性疾患と考えられたものが、より優位の対象とされた。過去には今のようなDNA鑑定の方法がなかったとは言え、また、治療手段もなかったとは言え、最も気の毒なのはハンセン病患者である。この患者の疾患が診断されれば、すぐに国立療養所に強制収容され、一生外には出られなかった。大きな壁、これを越えることは、一生、不可能である。全国で13か所の国立療養所があった。私は医学生の時に、長島愛生園を訪れたことがあった。園内はきれいに整備され、全く別天地のように思えた。ハンセン病は、抗酸菌の一種のらい菌で発生、感染力は極めて低く、顔貌などの醜形を残すという理由だけで、差別されていた。治療薬は、１９４０年代にプロミンが導入されたが、現在は抗菌薬として、リファンピシン、スルホン薬、クロファジミンが併用されている。らい予防法が廃止されたのは１９５８年８月６日である。患者を隔離した壁がなくなったのはこの時である。

優生保護法の対象疾患に先天性聾がある。全日本ろうあ連盟では、聞き取り調査で70名が不妊手術を強制された事実があったと発表した。とんでもないこと。私も聴覚障害者であり、この報告を受けて愕然とした。遺伝性疾患、知的障害、精神障害のある約１６、５００人の方が、本人の同意なしに、不妊手術を受けたと報告されている。旧優生保護法は昭和23年9月11日から施行、平成8年9月25日に廃止された。不妊手術を受けた人に一時金支給の法律が成立した。

このようなジェノサイドに該当するようなことのない世界にするのは、私どもの責務である。

三、　愛そして無

本書の大きなテーマである「壁」の反対に位置する言葉の一つが「愛」かもしれない。ただ、愛という言葉はよく使われているが、内容は簡単ではない。哲学的に考えてみたが、哲学そのものが「知を愛する」こととされているので、「愛」は哲学以前から使われていた言葉のようだ。

愛をよく示しているのは、各宗教を特徴づける思想であり、キリスト教では「愛」、仏教では「悟り」「無」「慈悲」、神道では「いのち」などであろうか。キリスト教では愛も「エロース」から「アガペー」までいくつかの言葉があり、その中でもアガペーを取り上げたい。アガペーは無限の愛、自己犠牲的愛、無償の愛と言われる。見返りを求めない愛である。それ以外の愛は相手の反応を期待しているのだろうか。エロース、フィリア、ストルゲーなど、性愛、兄弟愛、家族愛が区別されている。愛は「思いやり」でもあり、これは日常的な言葉である。

中国ではどうか。愛の字を分解して、後ろを向く姿、心、足を表す部位を合体して愛という字が出来上がる。愛は「人がゆっくりと歩きながら後ろを振り返ろうとする心情」である。音読みでアイ、訓読みでめでる、いとしむなどがあり、意味も似たようなものである。「敬天愛人」などはよく知られている言葉である。仏教の「慈悲」はアガペーに相当するもののように思われる。日本でも「憐れみ」の心は昔からあり、今でも続いて使われている言葉である。

神道では、参拝するとき、2拍手をして何か願いごとをするけれども、その内容は様々である。自分、家族、社会、世界など、なんでも祈っているが、神様はそれをすべて聞き入れて下さるのであろう。何かアガペーと似ているように感じる。また、戦国時代以前から、敵の死者をまつるために神社、祠などを建て、敵の死者の魂を鎮魂することが行われてきた。また、戦争での敵、味方も区別なしにまつられていたりもする。

生物系では、ひな、子供への献身的な行動は、人の心に響き、愛を感じるが、彼らにとっては種の保存であって本能であり、愛とは別のものであろう。植物ではどうか。触ったり、音楽を聞かせると成長が促されると報告されているが、哺乳類のような感覚器があるわけではない。音楽は分からない。でもヒマワリのように太陽に向かって花の向きを変えていくような機構はあるのだ。オジギソウも刺戟されると、すぐに葉を閉じ始める。この接触性運動はよく研究されている。植物には愛はないだろう。

愛は人類を頂点として、少しだけ他の生物にもあるらしい。これは地球上のことで、宇宙とは今は関わりないが、人智を介して宇宙に働きかけることはできるかもしれない。愛は、ラテン語で amare、または amor、ラテン語系のフランスは aimer、イタリアは amore、スペインは amor、ゲルマン語系でドイツは Liebe、イギリスは love である。いずれも内容は「エロース」から「アガペー」まで含まれているように思う。

時々「無心の気持ちで」と思うことがある。多くはなにか面倒なことを解決しなければならない時に、自分に言い聞かせる。スポーツなども多分、無心の状態で行っているのであろう。

哲学では存在論で論ずるが、存在論は「有」を主体として考えているので、「無」は存在しないもの、non-being として扱われるようである。概念としては「無」とは存在しないということであり、事物や対象となる事柄が「有」をなさないといった様態、そのような概念と説明されている。

般若心経の「色即是空　空即是色」は「形あるものは形がなく、形のないものは形がある」（柳沢桂子『生きて死ぬ智慧』小学館、２００４年）とか「およそ物質的現象というものはすべて実体がないということである」などと説明される。ここで言う〝色〟は物質で、〝空〟は「無」ととらえて良いであろうか。この言葉を素粒子論の研究者が、両者を結びつけて論じている。確かに物質は分子、素粒子の集まりであり、現実に目にする物質も分解すれば、分子、素粒子となり、それらは目に見えないから、いわば空の状態になる。

物質が無になるときは $E=mc^2$ で物質－質量はエネルギーに変換される。エネルギーは可視化できないが、どこかにある。我々の言う空間、多分、般若心経の空にも、多くの粒子が宇宙から降り注いでおり、放射線、電磁波、電波が飛び交うが、これらは目に見ることはできない。

空をさらに分けて、本当に何もない空を絶対空と名付けるが、はたしてこのようなものがあるのだろうか。観念的のものかもしれない、あるいは空の中にあるものか。エネルギーや素粒子などを集める、暗黒物質によって、絶対空ができるのであろうか。暗黒物質はよく分からなかったが、最近の宇宙観測では、暗黒物質らしき場所が観測されている。

アインシュタインの $E=mc^2$ の c は光速である。この式は質量のエネルギーへの変換を示すが、式の中の c で宇宙での物質の在りようが示されていると理解している。

空は数学の0に対応する。数学では何もない状態を0とする。数字の桁取りの役割もある。10では一の位に入る1～9の数字がないので、その代わりでもある。0はインドの数学者が発見した。『零の発見　数学の生い立ち』（吉田洋一著、岩波新書、1979年）という名著がある。このおかげで数学が著しく進歩した。また数理哲学という哲学分野もあり、多くの数学者が研究を進めている。私はこの領域には無縁なので、深入り不可能である。

コンピュータの1ビットは0と1である。on off に対応しているが、この2進法で現在の情報社会が成り立っている。

ところで数学やコンピュータの0を見て、これは空のことですね、などとまさか言わないだろう。0は無ということですね、ということはあるだろう。「空は0である」というのは一方通行でその逆は聞いたことがない。「空」=「無」=「0」というのは間違った理解かどうか、自信がなくなっている。だが最近ある研究者が、日常生活で「0（ゼロ）」は、勿論「無」「空」という意味において、何も無いことを表すのに用いられる、と説明している。

宇宙は「空」つまり「無」である。

最近は宇宙飛行士が、地球の壁からスペースシャトルという壁で囲まれた狭い閉鎖空間に暫し固定され、「空、無」である宇宙のステーションに到達し、壁から次の壁内に移動する。宇宙ステーションは宇宙にあり、この間には出入りも難しい壁がある。現代はこのように、過去には想像もできなかった壁を乗り越える時代になった。各国が競って取り合うような現状である。しかし、国際宇宙ステーションに長期滞在する各国の人々は、お互いに協力し、思いやりがなければ生きて帰れない。その気持ちはアガペーと言ってもよいのではなかろうか。ここで、「空、無」の宇宙と愛の繋がりを見るように思われる。

四、随想

「Er lebt」と「あるがままに歩む」

1948年に旧制六高理科に入った。同級生の多くは中学4年修了で、まだ子供と同じみたい。これがどんどん育っていく。なんでも吸収する。私は中学2年の時、病気で退学。そのうちに少し元気になり、就職したりしているうちに終戦となった。曲折を経ているから、2年くらい遅れている。

有機化学を担当したのは著名な先生。大正5年に東大を卒業してすぐ、六高教授として赴任された。講義に合わせて簡単な組み立てで複雑な有機合成などを見せて、みんなの目を引き付けた。最後にいつも短い話を入れる。これがまた講義以上に面白い。初めの頃、アンデルセンの話をした。ガンジス川のほとり、月夜に乙女は身をかがめ燭火を浮かべる。揺れながら流れていく。その火が目に届いている限り、火が消えなければ彼はまだこの世に生きているしるしと信じている。乙女は大声で「Er lebt」彼は生きている、と叫んだ。先生はこの時に黒板に Er lebt. と書いたが、皆ドイツ語を習い始めたばかり。これは分かるので、言葉がすっと胸に入り、消えることがなかった。Er lebt. Er lebt.……

先生は生徒の誰もと心が繋がっていると思わせるところがある。私も同じである。その人柄がにじみ出ている。一緒に東京に来たり、死に繋がる入院中には、鉢植えを届けたり。「退院の時は持って帰る」と言っていた。一般的には鉢植えは根づくと言って、お見舞いの花から避けているのだけど。お別れの会では Er lebt. を引用した挨拶が多かった。

先生は牧師の家に生まれ、ご本人もクリスチャン、生涯独身だった。勲二等を受賞、これは大学学長でも皆が受けられるものではない。先生もあるがままに歩まれたのだ。

さて「あるがままに歩む」の手話表現は？　簡単に両指2つをつまんだり、離したりを続けながら前に出す。「同じ」とおなじ。「Er lebt」の手話表現も簡単である。

追記：「Er lebt」という言葉はいくつも使われているようだ。Bach は『Er lebt』という曲を書いている。John Sindair は、１７４０年に『Und Er lebt doch!』を書いている。Wikipedia によると、Seht, er lebt. (Look, he lives) は、カソリック牧師 Lathar Zenetti が、１９７3年に書いた詩で、イスラエルのメロディで唱われている、と紹介している。

参考資料：『山岡望傳　ある旧制高校教師の生涯』山岡望伝編集委員会、１９８5年

東大放射線科在職中とその後の経過

教室に入ったのは1956年、大学院からである。当時の大学院は生物系研究科に属し入ったのは私が初めてである。同時に横浜市大放射線科教授が移籍された。当時は大学院の方向もはっきりしておらず、同時に入局した3人は、皆助手に採用された。医局での義務はこの方たちと変わらない。ただ、他の教室へはよく伺う機会があった。生化学、病理学である。そこの人たちとは親しく、行動を一緒にする機会も多かった。

研究テーマは当時のビキニ被爆騒動で、もっぱら、当時の乗組員の被爆の他に、残留放射能が問題となった。東大放射線科は診療以外にも放射線の影響を研究テーマとしていた。

私にも研究依頼があり、大学院の論文として取り上げた。残留放射能で問題となるのは、ストロンチウム90とセシウム137である。いずれも長時間にわたって体内に残り、放射能の内部被爆を起こし、健康への影響が懸念される。私は、ストロンチウム90を選び、体内での分布、排除法などに焦点を当てた。ストロンチウムはカルシウムと同族であり、好んで骨に沈着する。しかし、生体にとっては異物である。何らかの方法で除去できるかもしれない。両者を差別する因子があるかもしれない。しかし、どんなに研究を進めても、この差別因子を見つけることができなかった。試験動物からの採血では、その差は検出されない。殆どが骨に沈着しているからである。気がついたのは、検出方法として、次代の試験動物での骨にあるストロンチウム90量である。これを、カルシウムとの比で示した。この比が減少すれば、ストロンチウム90は少なくなっていることを示す。試験動物の子供で測定すると、間違いなく減少している。世代が差別因子であった。さらにより確認すべく、第2代の試験動物まで検査した。明らかに、より多くストロンチウム90は減少していた。異物として、長時間掛けて徐々に排除する機構があることの実証である。私は、この一連の論文を大学院に提出し、博士号が授与された。

この一連の研究を、前に在職し、その後アメリカで研究されている先輩が、認めてくれた。

当時、アメリカのマンハッタン計画の一環として、ロチェスター大学医学部に Atomic Energy Project が置かれ、いくつかの講座が設けられた。その中で生化学部門を担当していた教授は骨代謝を専門に取り上げていた。そこに推薦してくれたのである。先方も了承し、私は既に助手になっていたので、教授は色々な調整をして下さり、文部省派遣在外研究員として、アメリカへ行くことになった。

初めての渡航で、十分とはいえない。頼りないことであるが、先方は温かく受け入れてくれた。言葉も上達し、研究助手もつけてくれて、教授に提示した研究テーマのいくつかを進め、2年半の滞在期間に3編の論文を書き、採用された。

家族は3ヶ月後に、生後間もない赤子と一緒にやって来た。妻も初めての経験なので、すべてはびっくりの連続である。今のように、多くの若者が自由に渡航して楽しんでいる時代とは違い、まだ日本人は少なかった。一般には豊かな方は多く、私どものような貧乏所帯は少ない。ここにも壁がある。また、出身も目的も様々であり相互間の融和を図るため、少し前から来ていた人が、相互間の壁を取り払うように、気を使ってくれた。その努力にもかかわらず、どうしても、仲間意識の出ない、頑固な壁を持ち続けた方もいる。

当時、アメリカに滞在していた人は少数で、多くの人々が立ち寄られた。教授は1年の視察で、数日滞在し、ちょうどモントリオールの国際学会に私の運転でお連れした。日本人の参加者はまだ少数、たまたま放射線の先輩の3人で会食する機会もあった。また学会の流れで、ケベックで会合があり、これには京大教授も同乗、遠路の運転である。ケベックには英語圏とフランス語圏があり、景観は素晴らしい。『赤毛のアン』（モンゴメリ著、村岡花子訳、新潮社、1987年）に登場する、青い切妻屋根の家が並び、見事であった。分科会も面白く拝聴して以後の研究方針ともなった。

2年半の間、素晴らしい研究室、秋になれば深紅の楓の森などに心を癒された。訪ねてくる人も多く、エール大学留学中の友人K（妻の従兄）も身重の妻と共にやって来てナイアガラに一緒に行った。

東大放射線科助教授は私宅に数日滞在し、コダックなど希望された所にお連れした。半年の視察で、血管撮影が行われているのを知り、帰国後にセルジンガーキットを送ってほしいとの要請があり、一式を送った。助教授はこれを使って日本で初めて血管撮影を行った。この手技は現在でも重要な診断法である。

帰国は、夏の季節。ロチェスターから、西海岸まで、車で大陸横断した。途中で各地に寄り、景観を楽しみながら、国立イエローストーンパークやグランドキャニオンを通過。ロサンゼルスを目指したが、車がダウンしたのでジャンクに売却。それ以後はバスを使ってロスに到達した。一生に一回の冒険である。

帰国後は復職したが、私はできたばかりの国立がんセンター病院へ出向した。部長は放射線治療の実務に精通し、アイデアに満ちた頭脳で尊敬を受けていた人、前任の大学教授からの異動された人である。この先生に啓発され、私の進路は決まった。

周囲の他の部門との連携は強かった。放射線治療では頭頸部腫瘍の患者が多く、耳鼻科部長から習うことが多くあり、こちらの領域には精通した。がんは治ればよいが、どうしても治せないものも多い。放射線治療は出来上がったがんが対象となるが、これでは既成のがんの治療に留まる。いつまで経っても解決しない。放射線の先輩がこの考えで発がん研究をすすめ、その業績に対して文化勲章を受け、最後は学士院院長になられた。

東大に居た時期に教授は何故か気に入ってくれたようである。横浜市に自宅があり、当時私も横浜に住んでいたので、車を使うことも多く、その時は教授も同乗した。その時に教授はドイツ語の「ベルーフ」の意味を教えてくれた。「この言葉の意味は職業だけれど、また、神から召されるという意味もある。だから、その職業で仕事をするのは、神がそうしなさいと言っているってことだよ。だから、この言葉は天職とも訳されているのだ」。この言葉は終生私の仕事への態度を決めるものであった。英語ではコーリングである。これも同じ意味である。そして、私が天職とした仕事に真剣に向き合うことが必要であるとの意義を理解した。

がんセンターでの勤務を4年した後、東大に講師として戻ったが、安田講堂前の紛争も眺めた。その間、各地に医大を新設する動きがあり、私は帝京大学医学部に主任教授として赴任した。新設は苦労の連続であったが、この間に東大教授の定年があり、当時の教室の在り方からは核医学に焦点があてられていたが、教授選考には3人の候補が必要である。核医学・診断学・治療学の各分野から教授候補を出すことになり、私は治療分野からの候補となった。当時の趨勢から、難しいと判断しており、そう意欲的な行動はとらなかったが一応東大教授候補になったのである。

帝京大学は13年勤務したが、国立がんセンターからの強い要望で、戻ることになった。前に4年間勤務したところであるが、何かと変わっているのは当然である。この間の目標の一つに放射線治療専門の学会を立ち上げたいということがあった。当時の趨勢である。何人かの同志が集まり、しばしば連絡し合った。国内の放射線システム研究会などとの調整、最終的な合併までの苦労もあった。また、アメリカとの交流を密にし、数回はグループを作って、先方の学会理事会に参加した。幸い、前のアメリカ滞在中の知人の教授はこの面の指導力が高い。アメリカの学会はASTROと言う。

苦労の末に立ち上げた学会は日本放射線腫瘍学会JASTROである。私の部屋を事務室とし、暫くは設立当初の事務を受け持った。設立当初は1、000人の会員数だったが、今は4、000人を超えている。機器の進歩により、がんに放射線を集中させて周囲の正常組織への損傷をなくす方法が進歩により、固形がん治療に役立つものになった。

今の機会に少々の寄付金で、新しい賞（地域貢献賞）を立ち上げていただいた。2022年から開始している（次節を参照されたい）。

日本放射線腫瘍学会（ＪＡＳＴＲＯ）発足の前後

２００４年に執筆

放射線治療を専門とする学会を設立したいという機運が高まってきた。ある時、放射線治療も今のままでは駄目で、何とかしなければ、と某先生が声をかけてきた。それでは少し皆さんと相談しましょう、ということになって、数人の、この部門では代表的な指導者の人とご一緒し、将来の在り方や、日本医学放射線学会（日医放）との関係などを検討した。学会を創るについて、指導力のある京都の先生と相談しなければ、ということになり、４人揃って京都まで出かけ、よもやまの話をした。やはり将来の方向、放射線治療単独の学会を創ることなどが含まれていた。学会については私も賛成であるので、かなり考える時間は要したが、最後に腹を決め、日医放があった日の早朝、ホテルに集まっていただいて、いよいよ実行に移したいと相談し、合意を得た次第である。

学会を創ると言っても簡単にはいかない。日医放との関係、放射線治療のいくつかの研究会などからの了承がなければならない。日医放は、当初反対していたが、機会あるごとに説明し、良好な関係を維持することを条件に理解を得た。私と某先生が佐賀まで出向いて、大学で学長とお会いするなど努力した。研究会のなかでは、放射線治療システム研究会が活発に活動しており、なぜ今さら学会にする必要があるのか、といった空気が強かった。その中で、某先生はよく理解を示し、将来の方向として間違っていないと確信されたのだと思う。最後は、私がシステム研究会の会長に選ばれ、総会で提案し、JASTROへの移行が決議されるに至ったのである。その間に、放射線治療の集まりに際して、経過説明やら、構想などを説明し、皆さんの合意が得られるように、中心メンバーで努力したことは、言うまでもない。

学会発足は1988年2月11日と記録されている。文部省から担当課長を、厚生省から、私が某先生をお招きして無事終了した。

スタート

発足の後の事務担当は私がやることになり、入会事務や会計などの庶務関係やら連絡やらに随分忙しかったことを記憶している。国立がんセンターの放射線治療部長室は、それなりに広く、且つ秘書に手伝ってもらうことができた。第1回の学会は、某先生にお願いし、準備のための相談に、よくお見えになった。また、その間に、JASTRO学会誌の表紙のデザインをきめるなど、気を配っていただいた。

米国ASTROとの関係

新しい治療学会である。American society of therapeutic radiology and oncology（ASTRO）は、歴史も長く、活発に活動していて見習うことが多いのではないか、と考え、連絡を取ることにした。ASTROの機関誌、赤本には毎月、素晴らしい論文が掲載されていた。編集主幹は、私が前に文部省派遣研究員で2年半過ごしたロチェスター大学の放射線治療教授のルービン医師であり、面識もあり、今は放射線治療のリーダーの一人である。このような前提を心得、とりあえずASTROとの繋がりをつける方法を考え、当時、アメリカにいた先生にお願いして会長や事務局と連絡をとっていただいた。日本では、何人かの人と相談し、参加したいという人も多く、それではミッションを作ってASTROへ出かけようと決心した。放射線機器工業会にも参加していただきたいと相談したところ、工業会が案内を出して集会を開いた結果、かなりの方が参加することになった。仲介に立った方の鋭い先見性については、大いに尊敬している。ASTROの会とも連絡が取れ、事務局とも何回もやり取りして、ASTRO訪問の期間内に、日本側ミッションとASTROの主だった方々との会合が実現したのである。場所はボストンで、日本側は27名が参加した。

この機会に、*Radiotherapy in Japan '87* という資料を作った。その後JASTROの学会に、ＡＳＴＲＯ会長を招待し、講演していただいた。これを始めとして、私は３年にわたって同様のミッションを行ったが、私の後にも何年か続いたと思う。

ＡＳＴＲＯの理事会で日本の現状を説明すること、ＪＡＳＴＲＯの学会でＡＳＴＲＯの前会長が招待講演を行うことが、恒例となった。このＡＳＴＲＯ調査団報告書は毎回出版された。外国学会との関係は、形は変わっても今でも続いている。

第３回は私が会長を担当した。その頃になると事務量も増え、私の手元での処理では負担が大き過ぎるので、現在の学会事務局に依頼した。初期の担当者は初めての仕事だったが、よく連絡し、そつなくこなしてくれた。辞めた後でも、他の学会の事務を担当するようになった。

ＪＡＳＴＲＯは増加しているがんの治療の一翼として、益々巨大になっている施設を整備し、メンバーの重要な会に育っている。天職として選んだ放射線治療の仕事で生涯を過ごし、研究の目覚ましい発展を見る幸運に恵まれている。

ＪＡＳＴＲＯは、良い時期に設立されたと思う。世界的に見ても、放射線治療の発展に対応して、他学会との連絡も密にし、がんの治療に十分役立ったものになっていることを喜んでいる。

検診閑話

1996年に執筆

本年も特に問題なくスタートした。今朝、外に出てみると、思いのほか冷たく、今年は寒いと言っていたのは本当だった、と実感した。水溜りの氷も、少し厚めのようだった。私も皆さんも、風邪をひかないように注意せねばなるまい。風邪というと、一般には上気道の急性炎症を言っている。原因となるのはウィルスが最も多く、あとは細菌性やらクラミジアやら。風邪をひくのは緊張が足りないからだ、とよく言われるが、精神の緊張は、多分、体の抵抗力を増す方向に導くリンパ球の働きを盛んにするのではなかろうか。私自身、確証できるデータを持ってはいないが。風邪をひいたら、もう仕方がないから、暖かくして、栄養に十分気をつけて、水分も十分に摂って寝ているのが一番良いことと思われる。諦めてしまうことで、せいぜい他の人にうつさないで済む。

この寒さもせいぜい1ヶ月というところなので、皆、欠けることなく、この冬を乗り切ることを期待している。

1月16日

今日は緊張について話したいと思っている。人間ドックに来られる方は、どなたも、多少なりとも緊張状態であり、血圧のデータを見ると、はっきりと確認できる。それと診察のときに聴診器を当てると、大きな鼓動と頻脈が強い人が随分おられる。診察を受けるときに、ものすごく緊張しているのは明らかである。何か異常があったらいやだ、といった単純な気持ちだけでなく、裸になって医者の前に来ると、そうなってしまうようである。私も、その経験は十分にある。単に気が小さいからとしてしまってもよいかもしれないが、本質はもっと複雑な心理の状態によるものと考えている。一見優しそうな人でなく、ひげを生やした怖そうな人でも、裸になると、私の前で、心臓をとことこさせてしまう、というわけなので、何か申し訳ないことと思っている。

日本の言葉では、「気楽に」とか、「緊張しないで」とか言った良い表現が少ないように思うが、外国では、私のアメリカ3年足らずの経験でも、それを表す言葉は、「take it easy」「be relaxed」「never mind」「don't hesitate to ask me」など、兎に角、気持ちを楽にさせようという心遣いが多いように思った。緊張から離れれば、楽な気分で自分の気持ちやら、体の状態やらが素直に説明でき、こちらが聞きだしたいことも聞けるのだ。私が診察するときには、兎にも角にも気持ちをほぐしてあげるということを、心がけているが、検診を受けにくる人は、その前日から色々と心の準備に入るので、こちらに着いてエレベーターで上がり、受付に着いたときには、多分、もっと緊張状態が強くなっていると思われる。これをほぐしてあげるという受付の仕事も大事である。問診も大切で、その他の検査すべてを受ける際に、患者に一言、二言の会話でもすれば、気持ちもほぐれてくる。正確な検査データを得るためにも必要であるし、本人が満足して帰れるようにするためにも、すべてのスタッフとの温かい心の触れ合いが必要だと思っている。

1月23日

0か1かという話をしてみたい。コンピュータ時代の今は、0は電気が通らず、1は電気が通る。2進法として0と1が使われている。交通信号では、赤、黄、緑というように、黄のような中間の警戒信号があるが、目的は、進めか止まれかのどちらかだから、これも、0か1かということになる。だが注意を喚起するために、警戒の信号が加わった。科学的な研究では、今まで何も分からなかったようなことが、新しく発見されたり、発明されたりした時には、0が1になった、と言うことができる。1になれば、それからは、無限の発展が開かれる可能性がある。私の先生は、食道がんの放射線治療で、5

年生存者を初めて出したことを誇りとしており、これは0が1になったことを意味し、研究や診療のうえではこれが最も大切なことだといつも言っておられた。私も長年にわたる仕事では、何とか0を1にしたいと努力したが、0を見つけることも難しく、これには偶然も関係する。その中でもいくつかの0を見つけ、1となるように頑張ってきたが、なかなか1へは進まない。結局、私は優れた業績を持つことができなかった。企業でも多分同様な考えで理解できるように思う。ここの故理事長は、初めてこの検診施設を立ち上げた。これは、0を1にしたということであろう。我々は、その1を維持するために、働いているとも言えるのではなかろうか。0を1にすること、これは本当に大変なこと。我々の周囲にも、多分、0がいくつもあることだと思う。いつも注意し、真剣に考えていないと、その0に気づかない。0に気づいた人は、いつでも教えてほしい。皆で相談しながら、それを1にするように努力してみたいと思う。この企業の中だけでなく、このような開発的な発想が、人生を通じて脈打つようになれば、未来への明るさ、希望が持てるのではないかと思っている。

ここで比喩として使った0は、未知のもの、あるいは無と言い換えることができる。

赤毛のアン

最近NHKの再放送で、夕方『花子とアン』をやっていて、いつの間にか見る習慣になり、村岡花子さんや副主人公の白蓮のことなど面白く思った。村岡花子さんの名前は子供の時によく聞いていたし、多分童話などをいくつも読んだに違いないと思うけれど思い出せない。

手話講習会初級の時に使っていたバス停で、その講習会で一緒の女性によく会った。講習会では時々、手話で近況などを報告する。ある時、彼女が「『赤毛のアン』を読んでいるが、まだ読み終わらない。何とか読み終えたい」と表現した。この時、この人は多分英語の先生かも、原著で読んでいるのだなと気づいた。『赤毛のアン』の村岡さんの訳書があるのは知っている。初版は1952年に三笠書房から出版されている。この時代の私は医学生、もっぱら哲学書などを読んでいて、小説とは無縁だった。今ではテレビを見ながら、一度『赤毛のアン』の原著を読んでみたいと思い始めた。久しく英文小説を読んでいない。それにアンの話はカナダのプリンスエドワード島が舞台になっている。1962年に米国にいた時、各地の旅行案内に、カナダ東北部のノバスコシア、ニューブランズウィック、プリンスエドワード島などが魅力的に紹介されていた。広々した素晴らしい景観、一度行ってみたい。でも遠方、時間も無いし、無理である。

1962年にモントリオールで国際学会があり、その後にケベックで会合があった。ケベックは青い屋根の連なった家が並び、素晴らしい都会風景だった。

今年、『赤毛のアン』の原著を入手して読み始めた。何しろ出てくる言葉が分からない。多くは樹木とか風景の描写なのだけれど、一つ一つ辞書に当たってみれば分かるが、とても時間がかかり、進まない。これは読み飛ばして全体の雰囲気を知るまでとしたが、折角村岡さんの訳書があるのだから、内容を先に見ておこうと思い、文庫本を買って読んでみた。村岡さんはとてもきれいな言葉で訳しており、全体の原著の雰囲気も損なっておらず、優れた訳者と再確認した。原著は続けて読んでいる。「Anne of green gables」の「green gables」、切妻屋根はケベックで見て心に残っている緑色の屋根と同じようなものかな、などと想像しながら。アンの日常生活、学校生活も米国で見ていた雰囲気とそう違いはないだろう。このような親近感をとても嬉しく思った。

私と手話——思いつくままに

中途難聴で両耳の聴力は75デシベル以下、言語明瞭度は50%以下で、身体障害者手帳の4級と判定されてから、もう十数年になる。初めは補聴器なしでもある程度の会話ができていたが、今は難しくなった。手話に関わるようになった経緯など、まだ記憶に新しい。

初めて手話を教えて下さったのは地元の聴覚障害者協会長さん。協会入会時に、他の理事の人と交代で、事務所で毎週1回のペースで特にテキストもなく、思いつく簡単な文章、言葉などを示し、私はそれを真似して手を動かした。お忙しいお2人にもかかわらず、半年は続けて下さった。その後は『手にことばを』やDVDで勉強したが、うまく進まない。その筋のトップに相談しても、的確な答えが返ってこない。諦めていたが、新聞で東京都主催の講習会の募集を知り、多摩障害者スポーツセンターでの昼の部は参加可能だったので、応募して初級に入った。初級受講者は16名、テキストに沿って丁寧に教えてくれた。補足プリントもよく用意してくれた。自己紹介や現状などを全員が手話で表現。講師は女性の先生。素晴らしい先生だった。修了式では皆がペアになって表現した。手話の「し、ゆ、わ」をはじめに置いた短文である。私は「終戦の日以後のゆっくりと、そして早く過ぎた日々、忘れることのできない70年間の私です」。私の相手は「手話は美しいと思います。ゆっくりと正確に、分かりやすく表現したいです」と表現した。

中級へと進み、初級の講師が引き続いて担当した。途中で貰ったプリントは立派なもので、今でも役立っている。修了式での発表の内容は、格調高い短文、詩、ことわざ、俳句などを加えて素晴らしい内容になった。私は工藤直子の『あいたくて』、ペアを組んだ相手は新川和江の『わたしを束ねないで』を、最後に2グループとなって『アナと雪の女王　Let it go』から抜粋した短文を表現した。これだけ素晴らしい内容のものを、よく講師は構成したものである。尊敬するしかない。

この時私は肺がんで、近々手術が予定されていた。上級には進めなかった。その時に、メンバーからの寄せ書きを貰った。嬉しい配慮だった。上級修了後に次の応用クラスまで半年が空き、この間を待機クラスとして進め、私も参加できた。それやこれやで私も飛び級で応用クラスに入れてもらい、1、2を終了、2週間ごとに1年間の長丁場の2年を過ごした。国立駅近くの建物は改築され、その間は味の素スタジアムの部屋で勉強した。最後の講師は白髪婦人である。ちなみに、入門から応用2までの4年間の講習を続けた人は少数である。

この間、仕事の時間の合間にいくつかの手話サークルに参加した。それぞれ特徴がある。渋谷区、品川区、新宿区、港区、文京区、三田の東京都障害者福祉会館などである。やがてコロナのため会が開けなくなったが、Zoomなどの使用が進んだ。今後の集まりは遠隔通信機能を介して開くことが多くなるだろう。なお、親しい方と集まって、3人会を2つ立ち上げ、月1回だが、私のマンションのレセプションハウスのグランドラウンジのソファで開いている。前に述べた講習会最後の打ち上げパーティーでは、入門からやり遂げた5人が担当して、手話で発表した。4年間も通ったのである。講習会修了者のうちの2人は以後、講習会の助手として頑張っている。

勉強している時に、手話の成り立ちに興味が湧いた。調べるうちに、言葉の「音」を分けていくのが基本である、というのである。

この分析などは、二重分節として提唱された。

フランスの言語学者アンドレ・マルチネが提唱した、言語が2段階にわたって組み立てられていることを指摘したものである。一応、私の理解で説明してみたい。

これはアルファベットを使う国の人の発想で、このまま日本語に当てはめるのはできないが、別の形でその趣旨を取り入れることはできる。さらに手話では、表現方法の分析で、この趣旨を生かしている。

簡単には意味を持つ最小の言葉を第一次文節と言う。これを分けると、意味を持たない音になってしまい、これを第二次分節（二重分節）と言う。簡単な言葉で例を挙げれば、「on」をo/nと分ければ、「o」だけでは何の意味も持たず、「n」も同様にこれでは意味がない。これを第二次文節と呼ぶが、このような最小の単位が組み合わされて、無限の言葉が作られている、という提唱である。第二次分節を音素と言っている方もいるが、内容は同じである。

日本語では「私は医師です」という文は「私／は／医師／です」に分けられ、さらに「わ／た／し／は／い／し／で／す」と音に分けられると説明されている。ただ欧文との違いは、二重文節の最小単位において日本語では、複数の意味が表現される点である。例えば、「わ」は、「和、輪、話、倭」などの意味がある。また、日本語ではどの最小単位も母音で終わるのも特徴である。余談であるが、これらが日本語の特徴であり、外国人が日本語を学ぶ時の「壁」になっている。

手話では、アメリカのストーキーが、手話の音の構成要素として、手の形、位置、動きの3要素を取り上げた。

例に挙げた「わ」は、それぞれ手話では別個に表現できる。他にも多く例を示せる。

この点、手話表現の良さを再認識した。手話でないとその区別はできないのである。

お墓を造って

私の没後のことは墓も含めて息子に一任するつもりだった。でも急に墓を造っても良いかと思い始めた。後で分かったのだが、妻は墓の成り立ちの歴史などを詳しく勉強していた。その時は「早稲田大学時代の担当教授が川崎の霊園に入っているけれど、どこだったか?」とのことで、色々調査して、この墓地に違いないと分かり、早速話を進める結果となり、あっという間に墓を造る方向で石材店に相談、墓地を管理する方ともやり取りして墓の位置などを決めた。

墓地は川崎市のとある公園墓地である。かなり大きな規模の墓地であり、この墓場には多くの著名人が入っている。時折、新聞チラシの宣伝にそれらが紹介されているが、その中に医師は一人もいない。多くの医師が葬られていると思うが、本来、医師はこのような紹介には無縁のものである。若くても地位が高くても医師としての違いはなく、研究や診療に生涯携わり、世の中に足跡を残して静かに消えていくことを望んでいる人が多い。人の生死に関わり、多くの人を治すことに専念し、不幸にして多くの人の死にも立ち会うので、自ずから死に対する自分の考えが出来上がる。名利とは無関係のものである。著名な医師の墓は他の墓地にあるのであろう。世の中に影響を及ぼし尊敬を受けている、著名な医師も多い。それでもわざわざ紹介されることはあまりないのではないか。職業を意味するドイツ語に「ベルーフ」、英語に「コーリング」がある。これは神によって召されることを意味し、天職とも訳されている言葉である。医師の仕事はまさにこれにぴったりと合うものととらえている。その仕事が済めば静かに休みたい。私はその場をこの墓地に得ることとなって幸せである。

私の父は岡山県勝間田出身で、若くして東京に出、9人の子供を育てた。戦争が厳しくなったので昭和19年に家族の半分は勝間田に疎開し、東京の家は終戦前に空襲による類焼防止のために壊され、預けた家財一切はその後の空襲で焼失し、父も勝間田に戻ってきた。勝間田の家は町を貫く街道沿いにあり、町の外れ辺りの街道脇に小規模の墓地がある。その中に柄川家代々の墓がある。いずれも古く倒れかかったり、刻んだ文字が読めなくなっているが、一つには「尼子家家臣　柄川」と読めるものがある。尼子は戦国時代に毛利に滅ぼされ、一族家臣はそれぞれ離散したと思われる。柄川姓の先祖の人たちもいくつかに分かれたに違いない。その中の一つは後世、米子で「柄川家三代」として町誌にその業績が書かれ、屋敷跡が残されており、別の一つは勝間田に定着して百姓となったのであろう。戦国時代の墓が残されているとは思えないので、後の世代のどこかで先祖の出自を明らかにしておきたいと刻んだものであろう。そのお蔭で、自分のルーツが少し分かってきた。直接柄川姓の人に出会ったことはないが、パソコンで検索すると何人か出てくる。その一人と繋がり、ルーツを尋ねたら「よく分からないけど、祖父は鳥取出身で」とのことなので、この人のルーツは「柄川家三代」に繋がっているのではなかろうか、と想像した。勝間田の墓地には30年前に男兄弟で「柄川家墓」を造り、両親と勝間田に残った兄が葬られている。今は兄の息子が管理している。

東京の家は目黒不動の近くにあった。私たち兄弟はここを遊び場にしていた。父は滝に毎朝水垢離に行っていた。付いていったことも何回かある。夏はプール代わりになったが水が冷たくて長く入ってはいられなかった。まだ幼かった妹以外は、皆、目黒不動に深い思い出を抱いており、心の支えとなっている。墓を建てた場所のパンフレットに鐘楼の周りで遊んでいる子供たちの写真があり、この子たちも、大人になってもこの墓地での思い出を大切にするに違いないと思った。

私は無宗教だと言っている。若い時には、キリスト教の「愛」、孔子の「仁」に魅せられたが、老年になって般若心経、法然、親鸞と読み進み、他力本願の分かりやすさに感服した。法華経は難しくて読み切れなかった。並行して老子の世俗を脱した生き方が心に響いた。仏教は「慈悲」、神道は「清潔」である。神道は宗教というよりは日本人としての自分のバックボーンのようなもので、自然に身についているもののように感じる。自分の生涯を通じて一貫した宗教はなく、その年代で心に響いたものをそのまま受け入れ、特定した宗教との関係は深くならなかったので結果として無宗教ということになる。

死に対する私の考えは、死によって肉体は宇宙へ戻る。（色即是空）

今年、84歳の医師として、いくつかのトラブルはあるものの、毎日仕事に出ている。いつまで続くか分からないが、既に永遠に宿るところは決まっている。それまではゆっくりと歩んでいきたいものである。

最近は墓を造る他に、色々な葬り方が提案されている。世代が代わり、都会への人口集中が進み、遠方の故郷にある墓の維持が難しくなっていると耳にする機会が多くなった。難しく、悩ましい問題である。葬り方も墓というよりは、より簡便な方法が提案されている。合葬墓、樹木葬、永代供養墓、納骨堂、散骨などである。墓地、埋葬等に関する法律があり、それぞれ、行政担当が決まっている。死者、火葬場、墓地への尊厳が損なわれない配慮は人類に基本的なものである。

喜寿の壁

２００６年に執筆

77歳の喜寿ということでお祝いをしていただいている。この際、時間について考えてみた。物理的には、一次元で一方向に進んでいるもので歪みなどは無いものと思う。これも、ビッグバンに始まって宇宙の終末で終わりになるのか、だが、その前や後にも時間は存在すると想像することは可能である。

時間はどうやら個人と切り離せないものと考察できる。長い時間があって、その内の一部が個人に与えられていると考えたくなる。今回は喜寿の祝いで、長い時間の中の77年が私に与えられた。個人の行動を決めるのは、むしろ本人ではなく、時間が決めているのではないか。あとで振り返ってみると、そのように思われるふしがある。例えば、何時までにこれを仕上げるとか、何時に待ち合わせするとか、これは正確には時間でなく、時刻というべきものである。個人にとっては、時間は一次元ではあっても、一方向とは言えず、過去を思い出したり、未来を想像したり、早く過ぎたり、遅く感じたり、といった歪みすらある。これは心の中にある時間である。

77年の時間。人に与えられた時間は、１００年くらいのもの。そして、死と共に時間は無くなる。人の臨終には何回も立ち会ったが、最後の段階で死亡時刻を決めるのは、誰なのか。医師は死の判定基準に従って、死亡時刻を決める立場であるにせよ、その時刻を決めるのは何なのか。これは寿命とも関係するが、生物は皆寿命があるが、それをきめるのは、生体の遺伝子に組み込まれているからなのか、それとも時間に意思があり、時間が決めるのか。宗教に頼って考える以前に、自ら答えを見つけたい。今日は、時間の流れの中の77年が与えられたことに感謝する日である。

三月の　喜寿の祝いや　暖かき

右の文章は喜寿の時に、書いたものである。これも一つの壁として、認識できる。長寿のお祝いは、還暦、古希、喜寿、傘寿、米寿、卒寿、白寿、百寿があり、それぞれに壁がある。その壁をいかに乗り越えるか、色々な注意、医療などの解説書が多く出版されている。思い出すのは、放射線治療分野の先輩で、日本で国際学会の会長を務めた方、会長の引継で4年後のマドリッドでの学会に出席、帰りの飛行機でご一緒した時の思い出を、その方が亡くなった折の追悼文集に書いたが、これを親族の方が『ガンと戦った昭和史』（塚本哲也著、文藝春秋、1995年）に引用された。この先輩がまだ元気で病院に来ていた時につぶやいた言葉が「70歳古来稀か」であった。杜甫の漢詩の「人生七十古来稀なり」からとった言葉である。先輩は古希の壁を越えられなかった。私はすでに、卒寿を過ぎている。次の白寿までは、結構長い。この壁を突破できるかどうか、分からない。あるがままにお任せする。

80歳の壁

２００９年に執筆

今日は誕生日である。思いがけず、80歳になった。一つの切れ目でもあろう。誕生日前後には、今まで何か体調が悪いことが多かったので、どうも苦手である。数年前には、なんと誕生日に突発性難聴になって、今に至っても、そして今後も苦労の種である。その不自由は経験したことのない人には分からないだろう。今年になって区と相談して検査をし、身体障害者の４級に認定され、手帳をもらった。いくつかの支援はある。今年は2月に風邪をひいて、すっきりと治らなかったので気にしていたが、2月の終わりあたりから、深い呼吸をしたり腹圧を掛けた時に右下胸部が少し痛いので、レントゲンで調べたら、胸膜炎になっていることが分かった。今、呼吸器内科で調べてもらっている。

来週には判断されるだろう。ツベルクリン反応が強陽性なので、少し気がかりである。14歳のとき、右胸膜炎になり、結核もあって、10ヶ月も絶対安静だった。退学し、結局は昭和19年5月に父の郷里の勝間田に疎開した。1年後に玉野市の会社に勤めたが、周りの人たちの判断や好意があって、翌年岡山市に転勤となった。そこでまた学校に戻ることを自分の判断で進めて、岡山一中、六高、岡山の医学部へ進んだのである。

同級生の多くが次々と亡くなっている。いつこちらに番が回ってくるか分からない。できるだけ静かにいなくなることを願っている。わたしの長兄は92歳、すぐ上の兄は84歳で、背筋も伸びて元気である。案外、私もその仲間になるかもしれない。

肉体は地球に戻り、魂は両親の元に戻る。これが私の〝死〟への考えである。妻は実家の両親の元に帰り、兄弟も一緒になる。子供たちもいずれ私どもの元に戻ると思うが、他に行くところがあれば、それでもかまわない。

仕事は、体力がある限り、別に年齢制限があるわけでもないので続けたいが、もし早く辞めるようであれば、まだ体力と判断力が残っていたら、最後にボランティアの仕事で締めくくりたい。これは医師の仕事でなくてよい。その時にここに住んでいたら、区と相談してみるつもりである。

子供たちは皆出来が良く、この年になるまで、何一つ心配をかけられたことがない。

これは、親にとっては最も有難かったことである。おかげで80歳を迎えることができた。妻は、色々と大事な局面で、いつも的確に判断してくれて、子供を立派に育て上げたことも含めて、篤く感謝する。お陰で、80歳まで生きることができた。

あっという間の65年――みみずのたはことのような

近くに蘆花恒春園がある。京王線の駅、「芦花公園」で降りる。以前にはときどき散歩に行った。最近は行けていない。恒春園は徳富蘆花の旧宅、記念会館などのある部分で都立公園である。一般的には周辺の広場、児童公園などを含め、大きな公園という意味合いで芦花公園と呼ばれている。蘆花の作品の中で、『思出の記』（岩波書店、１９６９年）は若い時に何回も読んだ。自分の若い時に重ねていた。今回の卒後65年の記録以前の私の歩んだ道だが、65年の始めの頃にも重なる。それ以後は『みみずのたはこと』（岩波書店、１９３８年）と重なっているように思える。

岡山の私の先祖は戦国時代までさかのぼり、墓がある。勝間田に父の家があり、終戦前に家族半分が疎開した。終戦直前には強制疎開で類焼防止のために東京の家は壊され、全員が勝間田の家に集まった。90歳を超えた祖母一人がいた。多くあったと聞かされていた田んぼなどは、9人の子供を育てるために次々に売られ、昭和18年ころには「これで最後です」と言って送金されてきたのを覚えている。病気上がりでまだ元気がなく、中学を退学した私も、ここで1年間はろくな食べ物もなくて疎開者ならではのつらい日が続いたが、それでも次第に体力も付き、終戦の年の5月には宇野の飼料会社に勤務した。

十分な食事と重労働で体力は回復したが、私は何しろ、合間には勉強ばかりしていた。学校に戻りたい。幸い周りに理解者がいて、会社の代表は教育者であった。先生と一緒にアメリカの小説を1冊読んだ。昭和21年暮れに岡山市の関連施設に移り、すぐ岡山一中の夜間の烏城中学に入れてもらい、翌年9月に岡山一中4年に編入した。翌年六高理科に入り、それが岡山大学となり、医学部へ進むことになる。ここでやっと皆さんの同級として仲良くさせていただいた。

生まれも育ちも東京の私は東京に戻りたく、卒業後すぐに河北病院でインターンをやり、その後、東大大学院へ進み、放射線を専攻して生涯を過ごすことになった。大学院修了が近くなるとさすがに今までの疲れが出て、もうこの辺りまでか、と思った。助手になった翌年、アメリカニューヨーク州にあるロチェスター大学に文部省派遣の形で研究者として2年半過ごし、帰国後はがんセンター放射線部、東大講師、帝京大放射線主任教授、がんセンター部長の経歴で定年を迎えた。

　放射線治療はがんの局所療法なので、適応を選び、多くの方を治癒に導いたが、不成功の結果で嘆いたことも多い。放射線診療では様々な事故が、配下、技師の業務で発生し、それをすべて私が引き取って解決に知恵を絞ったが、最後は難しくてとうとう鬱的となり、長年苦しめられた。定年後の半年は仕事から全く離れてゆっくりしたら、徐々に回復し、それ以後は検診や人間ドックに関係して今まで続いている。定年を迎えてすでに25年以上になる。65年間はやはり「みみずのたはこと」的である。こつこつと這ってきただけ。みみずは土を耕すが私はいくつかの著書や200編の論文を書いても、その時だけのことで、もう殆ど役に立たないだろう。みみずにも劣った65年であった。

　岡山のことは心から離れることはない。在学中には貧乏アルバイト学生の私を温かく受け入れて下さった。東京では、同級生4人と一緒にみとう会の計画を進め、箱根で開かせて頂いた。岡山で定期的に開く同窓会（みとう会）へは時々しか行けなかったが、終わりの頃には同級生がメールに写真をつけて知らせてくれた。これも昨年は頂けなかったので気にしていたら、ご他界されたことを知った。ご冥福を祈る。

　今年91歳、いくつもの命に関わる疾患を抑えたが、まだいくつもの厄介な所見を抱えている。それでも週3～4回は読影に遠方まで出かけている。いつまで続けられるか分からないが、私の長兄は100歳で岡山市で他界した。私はそこまでは無理だろう。東京は私の生まれ故郷であり現在住んでいる所、岡山は私の先祖に繋がり、戦中の1年、戦後の10年で育てていただいた所である。関心があるのは当たり前、何かあれば妻と懐かしい話ができ、幸せな65年以降を過ごすことができる。みとう会を支えて下さった担当の先生にはお礼の言葉が尽きることは無い。同時にみとう会の諸君たちと一緒に笑顔の毎日を過ごせるように願うばかりである。

目黒不動

子供時代の我が家の全員は、目黒不動に深い愛着を持っていた。家から僅か歩いて10分もかからない。そして、毎月28日は縁日があり、すごい雑踏であった。

目黒不動は龍泉寺と呼ばれ、かつては江戸三大不動の一つであった。調べると、15歳の僧侶が808年に設立したという、長い歴史がある。本尊は目黒不動明王である。清和天皇から「泰叡」の額を下賜された。正式には泰叡山龍泉寺と呼ばれている。徳川時代には、家光の保護を受けて江戸の名所となり、多くの人が参詣した。当時の憩いの場だったのであろう。当時の寺院は広い敷地にあり、いくつもの史跡がある。

我が家からは、数軒先で目黒不動への道に出られ、すぐ、少し強い下り坂の突き当たりにある。少し手前に道路があり、それを横切って進めば、入り口になる。ここに仁王門があり、左右にいかつい顔の仁王がいる。寺を守っているのだろう。さらに進むと、広場に出て、色々と観察できる。目玉は滝である。二つの龍口から吹き出た水は、作られた池に溜まり、あふれ出ていた。この池は周囲が取り囲まれており、すぐに入ることはできない。別の入り口にある更衣室を通過すればよい。龍口は池の一側の壁に取り付けられている。自然が作った壁だが、保護のために石造りとなっている。敷地の右側には、社務所があるが、入ったことはない。広場の急な階段を上がると、正面に本堂がある。賽銭箱に何がしかお金を入れて上にあがる。入れないことの方が多かったが。階段を少々上がり、やっと到達する。すると、正面の不動明王を見ることができる。その場所にはいつも多数の方が座っていた。この方たちは、心で祈ったり、時々正面で礼拝をしていた。また、僧侶が時々来て、お経をあげていた。

28日は縁日。僧侶たちが、一日何回か列をなして本堂へ来て、お経をあげていた。この列が厳かで、先頭にいるのは一番偉い僧侶のようで、寺男が傘をさしていた。この列を見るのも興味があった。縁日では広場にびっしりと店が出て、それを見て回るのが面白かった。飴細工、せんべいに何か乗せたり、金魚すくいなど、子供を喜ばせるものがあふれるようにあった。バナナの叩き売り。広場では誰かが演説しており、それを取り囲んで、人の輪ができていた。何かを売りつけるのだろう。

敷地の前の道には、私が幼児の時には、置屋が並んでいた。歓楽街であった。芸者も見た記憶がある。私が少し成長した時点では、この置屋はなくなり、商店が並ぶようになり、縁日にはこの道をはさんで、屋台が出ていた。

我が家では父が早起きして、滝に打たれるために毎日出かけていた。何年続けたのか知らない。このように滝に打たれるために何人かは来たようだ。私も一度ついていったことがある。

夏には、この池は囲いで見えなくして、プールになった。よく通ったが、水が冷たくて長時間入って泳ぐのは無理だった。長い夏休みの遊び場として、この境内へは何回も出かけた。

広重の浮世絵に目黒不動がある。その数枚を所有し、額に入れて私の部屋の壁に飾った。一枚は兄に贈った。我が家はすでに強制疎開し、類焼防止のために戦争末期には周囲を含めて取り壊された。戦後、兄弟たちは、東京に来た時に目黒不動を訪れるのを、楽しみにしていた。戦後、東京へ戻ったのは私一人である。縁日を訪れたことは何回あったろうか。ここは私の心のふるさとである。

目黒不動尊周辺には歴史に残るいくつもの場所がある。甘藷《かんしょ》先生と言われた青木昆陽の墓が近くにある。境内を一歩出た辺りである。近くに五百羅漢もある。もう少し進めば、目黒駅への道になり、近道には行人坂があって勾配がきついので、途中でくたびれてしまう。この道の途中には雅叙園があり、何回か行ったが、百段階段の壁に描かれている絵は立派なものである。東京都指定有形文化財である。雅叙園はホテルを作ったが、今では外国の資本が入っているとか、現状の経営体制はどうなっているか知らない。

余談で、「目黒のさんま」の舞台はここである。それと、宅地造成の影響で、龍口からの水量は殆どなくなった。

散策

行きたい所は数多かった。毎日を仕事に追われ、そう時間を作ることもできなかったが、合間を探して行く意思は持ち続け、機会を探す気持ちは変わらなかった。現在は高齢となり運転免許も無くなったので、思い出としての要素が強いが、その中のいくつかを取り上げ、経験と散歩への思索を試みてみた。

私の家は郊外にある。高齢となった今、都心部まで出かけることは少なくなった。遠方といっても、電車で行ける所なら、また、歩く距離がそう長くなければ行くことができる。80歳で車の運転をやめたので、駅に近い所が散策の候補となってくる。

近所に芦花公園がある。徳富蘆花は明治40年、39歳の時にこの地に移転して、居宅を造り、書斎を設けていた。蘆花恒春園と名付けていた。その中に旧宅や記念館があるのだが、現在は周辺を含めて都立公園となり、憩いの場所となっている。芦花公園駅があり、途中には世田谷文学館があって、ここに立ち寄るのも楽しい。蘆花の旧宅は窓越しに蘆花が使用していた書斎をのぞき見ることができ、机や調度品などが置いてあるのが分かる。近くに蘆花夫妻の墓がある。ここにも立ち寄ってみる。もともと、蘆花がこの地に住んだのは、自分も一人の百姓として生きてみたいという心情で、ゆっくりとした場で、百姓の体験もし、ゆとりのある雰囲気で思索したい、という気持ちだったのであろう。

私が好んで読んだ本に、蘆花の『思出の記』がある。主人公が住んでいた時の家を出てから残された母の心情の描写は心を打つものに満ちていた。小説では、行き倒れて助けられるのだが、私の場合、行き倒れこそ無かったけど、16歳で独立した私のそれ以後の在り様や大学卒業までの苦労は、まさにこの小説に一致するものだった。勿論、違いはある。私は、医師として多くの人に寄り添い、間違いのない診断、治療を行いたいという目標を持っていた。菊池慎太郎は大学卒業までは私と同じようであるけれど、その先の目標は書いていない。おそらく、これは蘆花の心情、何にもとらわれない自由な生き方の表れであろう。菊池慎太郎は卒業後は教職に就き、悠々自適の生活を楽しんでいる。また『自然と人生』（岩波書店、1958年）の「灰燼」に書かれている、大家の息子が西南戦争に参加し、その帰りを待つ母親の心情、その結末は住んでいる大家を燃やし尽くすのだが、この辺りの情景は心に響いた。

この自由な生き方による心情が『みみずのたはこと』の作品から読み取れる。これも私の愛読書の一つである。渋谷から、芦花公園のある粕谷までは、とても歩ける距離ではないが、蘆花は土地を決めるときや引っ越しを、渋谷から徒歩で来たようである。当時の人は健脚だったようだ。伊勢参りや東海道には途中に宿場があったにせよ、長距離を歩いたものだ。それに比べれば、蘆花の引っ越しは普通のことだったのかもしれない。農夫がこえ桶を荷車に乗せて、新宿方面から、甲州街道を引っ張っていく描写は、当時を彷彿させる。便所では屎尿は下の容器に落とした。それが満杯近くなると、くみ取りが桶に移す。屎尿は作物の肥料である。つい以前までは全戸の便所は同じだった。屎尿はあふれるまで増えると、たまったものでない。困惑しても、自分では処理できない。くみ取りが来るのが遅いと、夫人は「もっと早く来てくれないとねー」と愚痴をこぼした。当時、農夫は野菜などをお土産に届けたようである。農夫にとっては大切な肥料である。こえ桶をかついで柄杓で撒くのは、田舎ではありふれた光景であった。

蘆花は初心者の農夫として、周りの人々の助力を得ながらやっていたに違いない。こつこつと耕している自分を「みみず」に例えた。余暇には思索を進め、小説も書いている自分の言葉を「たはこと」と言ったのであろう。私はこの本をそのように読んでいた。これは私の心情にも似ている。私はこつこつと患者を診察し、時に論文を書き、専門書を10冊は出版した。論文は200編を超える。みみずのような人生である。現役時代にはみみずであったが、最近はゆとりもできて、物事を考えるようになった。でもろくな思索とも言えない、たはことである。

蘆花は、内心は自由と平等の思想の持ち主であった。後年はトルストイと会って、自由や平和について話し合った記録がある。兄の徳富蘇峰は、自由主義や平等主義を唱え、言論界で活躍した。実務家として、明治から昭和に至るまでの著名人だった。蘆花とは活動の場は違ったが、思想のルーツは同じだったのではあるまいか。

近くで散策の場としているのは、新宿御苑である。駅からも近く、中に入ると、都会の別天地であった。広い敷地に遊歩道がはり巡らされ、多くのベンチが配置されている。少し歩いては、すぐに次のベンチに座って、目をつぶれば、様々な思考が生まれる。過去から現在までの自分の生き方、反省等がおのずと出てくる。また少し歩いて、ベンチに座ると、新宿御苑の沿革なども、思索の対象になった。古い歴史が現在のように思われた。

書くことのできなかった所は多数ある。近場の羽根木公園、梅の名所である。等々力渓谷は都内唯一の渓谷で、一度中に入れば涼しい別天地である。深大寺、豪徳寺の井伊直弼の墓、洗足池の勝海舟の墓は、すぐにも訪問できる。上野公園にある多くの美術館に、その時の展示を見に行くのは楽しい。運転をやめたので駅に近い所だけになる。以前には、砧公園、馬事公苑、民家園などは車ですぐに行けたのだが、今は私の追憶の中でだけの散策となっている。

先輩、後輩

社会人類学者の中根千枝氏は、1967年に『タテ社会の人間関係』を出版され、多くの方にその考えが受け入れられてベストセラーとなった。それから50年以上も経って日本社会の現状も様変わりしたのに伴い、新しく『タテ社会と現代日本』（講談社、二〇一九年）というタイトルの本を出版された。その本を読み、私も社会の一人としての経験と重ねて、大きな感銘を受けたが、同時に私の見解との違いも探ってみた。社会人類学とは、社会という人間集団を研究対象にする人類学的研究領域といわれている。内容的には、人類学などの他の名称でよばれているのと、共通したものがある。これらのいくつかの分類の内容には多少違いがある。

中根氏は、時代が変わっても残っているのは、先輩、後輩の関係であるという。いくつものケースが説明されている。それらの見解も含むが、ここでは中根氏の本を参考にしつつもそれだけに囚われずに、思いついた内容で考えてみたい。

社会の最小集団は家である。家を構成する人たちは、祖父母、両親、兄弟、子供などである。「長幼の序」は、年齢の順序である。一般にはこれが、タテ社会の最小モデルであろう。今は家の構成も変わって少子化となり、タテ社会は通用しなくなった。家で一番もてはやされるのは子供で、両親は育てることに専念する。タテ構造の逆転である。年を取った両親は、最後は介護施設に入れられる。タテ構造の破綻である。

人間関係では、個人と個人、個人と集団に着目されるが、人と人との関係は最も動きにくく、変わりにくいので、社会構造の比較に効果的とされている。現代は、人と人との関係が変わりやすくなった。最近の学生にも上級生、下級生の区別は依然として存在する。この構造が変わることはない。学生の心に立ち入れば、構造はあっても、実質的にそれは無視される。中根氏の手法では心の問題や動きは、タテ社会の論議とかみ合わないので、学問としての社会人類学には含まれない。しかし、心の動き、を無視して、社会を論ずることはできないはずである。

資格と場についての説明で、これは人間関係を分析するカギとされている。資格を同じにする集団か、同じグループ（場）に属するかである。大学での地位は資格であり、大学名は、場の表現とする。場に入った順番で、先輩、後輩が決まるという。

「ウチ」と「ソト」は横の構造である。中根氏はこれを論じているが、私の見解ではこの両者は壁で隔てられており、本書の「壁」論の一部となるものと理解している。この壁をいかに壊すかは、中根氏の研究分野外である。

非正規雇用者が正規雇用者になるためには壁があり、この壁は全くなくなるとは期待できないが、次第に低くなっている。正規雇用者となれば、タテ社会に入ったと理解される。

官庁ではタテ社会もヨコ社会もある。上司の指示は絶対的である。法に従って行われる。下からの立案が上にあげられる。このような仕組みが完成している。これに背く人は罰せられる。しかし、これを行うのは人間である。社会の一員である。この人には心がある。私は、心を最も大切なものとして、育った。心が生かされている例はいくつかある。その一部に触れてみたい。

らい予防法を廃案にまで持ち込めたのは、厚生省の局長だった大谷藤郎氏である。長年に及ぶ、苦労に満ちながらも見解を提案し続けた。その結果1996年に予防法の廃止、らい療養所の閉鎖、らい患者への補償などが決まった。大谷氏を動かしたのは、何か？　らい病に対する正確な理解、感染スピードが著しく遅いこと、薬物治療が進歩したことがあると思うが、その根底にあったのは、らい患者を思う心であり、愛ではなかろうか。一方で、らい予防法の推進者であった光田健輔氏は、生涯をこの病気の撲滅に捧げ、患者の完全隔離を推進した。「救癩の父」と崇められ、文化勲章を授与された。時代が違うとはいえ、ハンセン病に対するこの二人の関係者の評価はこのように違っていた。

もう一例は、戦時中ユダヤ人の多くの人にビザを発行した、杉原千畝氏である。リトアニアの在カウナス日本領事館領事代理の時、ソビエト軍がリトアニアに進駐した。ドイツ軍が国境からソビエト軍と交戦する直前である。この緊急事態で、多くのユダヤ人がドイツによるユダヤ人抹殺、ジェノサイドから逃れるために、カウナスで合流した。彼らが助かるには、ここから逃れるだけである。杉原氏は何回も外務省とのやりとりで、この人たちを、日本に受け入れるのは好ましくない、との訓令を受けた。複雑な国際関係がある。ドイツから逃れてきた人が極東に行くにはシベリア鉄道を使うしかない。トルコ政府はビザ発給を直前に拒否していた。ユダヤ難民が日本領事館に殺到したのはこのような状況にあったからである。各国の公館からビザが発行されることは無くなっていた。杉原氏は何回ものやり取りで、ビザの発給は外務省から止められていたにもかかわらず、通過許可証を発給した。これを手にした難民は、ウラジオストックに到着。この総領事代理の根井三郎氏が日本行きの乗船許可証を発給し、全米ユダヤ人協会からのサポートを受けつついくつかの経路で難民に手渡した。根井氏も本省とのやり取りには反しながらも、わずかな隙間を探しての決定である。根井氏は日露協会学校で、杉原氏とは既知で同じような心の持ち主であった。

中根氏の著書は誰もが認める優れた内容で、学問としての在り方がある。わたしはこれに人間としての心、愛を付け加えて読んだ。その例として大谷氏、杉原氏の在りようを示した。タテ社会の典型ともいえる官庁でも、彼等が行った行為は人間の心と愛があってこそ法律による訓令、指示などが活きてくる。どの集団も、構成する人と人との間に信頼と愛がなければ崩壊するであろう。オレオレ詐欺の集団などは、ただ、金もうけを不法に行っているだけで、構成する人と人との間には、微塵も愛は無い。信頼関係も無い。いずれ崩壊するであろう。タテ社会が崩壊しているのは、個の尊重、家族制度の廃止、年功序列型社会から実力主義社会への移行の結果であろう。先輩、後輩が今の社会で続いているのは、その人間関係が、お互いに愛で繋がっているからだと理解している。

中根氏は社会人類学者であり、学問として、その中に「愛」を取り入れることはできないが、読んで考える立場では「愛」を加えて読み上げた。ちなみに、中根氏とお話する機会はなかったが、たまたまどなたかとお話している横を通ったことがある。温厚なお顔の先生だった。立派な方は概ね、謙虚なたたずまい、その中から何かにじみ出る雰囲気を感じさせている。

時間と光

我々が日常使っているのは時計である。これで時間が分かる。日常生活が支障なく、進められる。一般に時間と言っているのには、時刻が含まれていないかどうか。時刻は時間の流れの中の1点で前後はない。例えば、知人と12時にお会いすると決めたら、12時はその1点のみ。日常生活では、何秒何分早くても遅くても、非難されることがない。しかし、12時は決まっており、その前後は含まない。これを正確に示す機器は生活の中にはある。その精度は必ずしも正しくないものが多いけど。

時間は水の流れに例えられることがある。絶え間なく流れていく。その1点が時刻、流れのある物理的間隔が時間を示す。その流れの中の、2点間を流れる間を、時間と言っている。

時間の表示には色々ある。日常では、地球の一回転を一日24時間と定め、時間を表示している。必ずしも正確ではないので、うるう年を4年に一回設定して調整している。この表示法は我々の生活に根づいている。

物理的な面から考えると、まず、原子時計がある。国際原子時という、国際標準規格となっている。3000万年に1秒ずれる程度の精度である。その正確な時刻情報は標準電波として放送されている。我々の電波時計はこれを受信している。原子時計にはいくつかの核種のうち、セシウムが用いられているようである。光格子時計があるがこの理論は難しくて理解できない。ただこの理論は2005年にノーベル物理学賞を受けている。

より簡単なのは放射性同位元素の崩壊時間の測定である。一般には半減期で示されるが、この方法も役に立つだろう。

最終的な論議は光速である。１秒30万㎞で世界でこれ以上速いものはない。しかし、この速度は真空でのことで、媒体が違えば異なってくる。簡単には水中では、光速は減少する。

光は振動であると同時に光子と呼ばれる。太陽光の温かさ、我々が恩恵を受けているのは、この光である。どのくらいのエネルギーなのか、計算は可能である。

エネルギーはプランク定数に光の振動数をかけた数字であり、プランク定数は $6.6260715 \times 10^{-34}\ m^2kg/s$ とされている。赤は青よりエネルギーは少ないが、大脳の働きによって暖色となる。

光には色々な性質がある。媒体による減衰、屈折、反射、などである。また、雨後の晴天に突如として現れ、思わず見とれてしまう虹。７色がきれいに見えたら、嬉しくなる。

光は三原色、青、緑、赤で成り立っている。光の振動数の違いであり、青は１秒で７００兆回、赤は４５０兆回である。現実に深海では、赤が見難くなる。光は三色の合成である。

光は一直線、始めも終わりもないとされている。現宇宙では、ビッグバンが初めとされている。とすれば、光はビッグバンから始まり、一直線に進んでいるのではなかろうか。こう考えれば、ビッグバンが光の初めと考えられないか？　ビッグバンと、空に見られる満天の星とはどのような関係なのか知らない。しかし、大星雲を見る機会がある。これが我々のいう宇宙とは別の宇宙である。そこからの光も検知できる。満天の星も光を送ってくる。

時間と心の関係、心にある「壁」は自由である。状況に応じて、壁を取り外したり、設けたりする。これらの多くは、本書の「一、壁」に取り上げた。心は時間を超越する。光の初めと思われるビッグバン以前も想像しうる。答えは得られないが、想像する自己は存在する。

最近で『ふるさと』を手話ソングでやった。簡単な言葉だが、表現に疑問を持った。歌詞の中にある「夢は今もめぐりて」のめぐるは時間の経過であり、調べると、二つの表現があった。一つは、両指を繰り返し回す、一般には繰り返しの手話表現である。これは、時間の回帰に相当する。もう一つは、右掌を下に向け、胸の辺りから、大きく弧を描いて、下腹部まで戻す表現である。これはおそらく、外国に出た自分の心が、長い時間をかけ、やっと自分のふるさとに帰るという意味ととらえた。

智の巨人として万人から認められている、加藤周一先生の『日本文化における時間と空間』（岩波書店、2007年）を読む機会があった。古今東西にわたる、見識での著書である。先生は「今　ここ」をキーワードにされている。私見では、『今』が時刻に相当し、「ここ」は現在いる場所をしめす。

先生のこの本には、「ここ」を閉鎖空間とし、それから脱出するような、歴史的な記述がある。私の著作と類似性の多いことに気づいた。

時間と空間。これは別の概念なのか、どこかで一致できることがあるか、私はまだ答えを見つけていない。「時空」という言葉がある。4次元の世界であり、我々はその中に居る。物理的にはアインシュタインが答えを出しているが、日常的に使われる時空は使い方が異なっている。本書完成の後に考えるテーマの一つとしてあげている。

五、　山荘を建てて――チェルトの森での経験

これは、初めて建てた小さな別荘での13年間の記録である。1975年から1988年までで、その後に少し大きな別荘に建て替えた。この記録はノートにあり、2008年まで続いている。

2008年で私は80歳となり運転をやめたので、別荘に行けなくなった。別荘の借地と建物は息子に渡した。

建てるきっかけは、友人がこの地を別荘用に借りていた。それで誘われたのである。年を重ね、専門領域では一応教授となっていた。マンション暮らしもいわば家という壁に閉じ込まれた感じもあり、頭の中のややこしい壁もきれいにしたい、職場では色々な壁でどうにもならない、いうなれば現実からの逃避であった。

山荘録、チェルトの森で　1975年～1988年

山荘を建てたのは、長野県茅野市だ。我が家の家族はもちろん、気心の知れた知人、

友人たちにも積極的に来てもらい、憩いの場所とした。そして、ここを大切な場所として思い出に残そうと、来訪時には必ず何をしたかのメモを書き残すことをルールとした。

1975年　9月27日

朝6時半ごろ、引越しの仕事の後、荷物を車に載せて出発。昼前別荘に着く。電気工事の人が2人で作業中だったが、電気器具がまだ届いていないので、それらが使えず不自由した。前日連絡したように、ガスレンジを農協の人が持ってきてくれた。風呂の使用説明を受けたが、本人もあまり理解していないようだった。N氏が電気器具持参。なんとなしに文句なし。私は山仕事を開始。工事の後だけに、伐採した木があちこちに散在しており、なんとなしに良くない。少し動かしてみた。翌日、朝は雨気になるも、山仕事。昼過ぎ、東京へ出発す。

10月11日

1時半東京発。途中、休まずに山荘着。午後5時半。かなり薄暗くなった。山は緑が少なくなり落葉多く、何か寂れた感じあり。電柱が立っている。しかし、家への配線はまだされてなく、仮設電源より取っている。ベランダの松材の白い肌が、なんと2週間でだいぶ黒っぽくなっている。しかしビニールステインは、来年の予定である。

プロパンガスのメーターが気になった。今晩は、これを分析してみることにした。

暖炉を焚くと煙は皆部屋に入ってしまって、煙突へ抜けない。設計事務所に相談する必要あり。2階ベランダの取り付けが良くないようで、その部分から雨水が入り、1階居間のアルミサッシとその上の壁との間から雨が漏っている。これは建築者に言うことにした。

10月25日

朝4時10分発。7時20分着。

東京を抜け、甲府、茅野のラッシュを避けるには、朝早いほうがよい。たいしたことではない。ガス漏れはない。家の中、汚くない。ほこりもたいしたことなし。室温7、曇り、昨晩からの雨で、ベランダが濡れている。防水塗料を塗りようがない。これは、来年、4~5日滞在する時にやる以外、方法なし。ベランダはかなり傷むだろうけど仕方なし。持参のテレビはよく映っている。このあたりは高地だが、電波の受信はよいようだ。

11月9日

朝4時20分出発。7時10分着。

早く着いたものの、家の鍵を忘れた。管理事務所が不幸にして不在。泉野まで下りて、問い合わせてもらう。8時まで待つ間、別荘地見学とした。早朝は寒い。まさに零度。しかし、天気は良好で、日が差すと全く暖かい。ベランダへテーブルを出して、昼食とした。ガス漏れなし。玄関前に、丸太を切って並べ、砂利を持って来て少し敷いたら、かなり体裁も足場もよくなった。

本日は日帰りで、本年度は終わり。明年は3月下旬ということになりますか。

1976年　3月26、27日

ベランダのビニールステインをやった。

寒い！　着いたときはマイナス7度、一時天気、一時曇り、一時雨。

5月1～3日

連休につき、夜出発したが、着いたのは、1時近かった。空がとてもきれい。翌日もきれいだったが、次第に曇り。まだ寒い。夕方、梅村来る。バーベキューを初めてやった。炭火に難点あり。翌日、早く出発。連休の利用は、交通機関に難点あり。
道の階段を、2段つけた。落葉松の芽吹き。とてもきれい。

6月19、20日

順ひとり。様子が一変した。緑の中に隠れてしまった。梅雨時──そして方々《ほうぼう》の外観が濁って汚くなった。よく見ると、鉄柱の塗料が剥げている。維持は結構大変で、次回塗装必要。小鳥が賑やか。ホーホケキョ、カッコー、チチチチが主。山は小鳥の天国。道の階段を、8段作った。まだ落ち着いて読書というわけにもいかない。周辺が気にかかる。二階の北側の雨戸を19日に一枚いれた。小鳥がずいぶんよく飛び交うと思った。次の日、もう一枚を入れたら、チチチ……と鳴く声が聞こえる。おかしいなと思っているうちに、チチチと方々で鳴きだした。一枚を出してみると、なんと、ひな鳥が中にいるではないか！　こりゃ大変、一匹は出したけど、よく見ると、中に数匹いて、小さくなっている。仕方ない、一枚をそっと中に入れて次の雨戸をはずし、二枚目もはずし、なんとか外へ出した。一応、飛び上がれるので、外へ放した。親鳥は、これを追いかけている。巣は、すごい量のコケの塊である。今度は、索さんに、巣箱を作ってもらおう。

7月3日〜8月14日

本格的な滞在で、来るときに、椅子ベンチなどを持ち込み、滞在中は妻籠へ行った。

8月26日

9時半ごろ着。蓼科、白樺湖、霧が峰へ。見事である。翌日、雨。

ベランダなどの裏側を防腐塗料で塗った。これも大変な作業。日曜日、帰る。

10月15日

日帰り、河口湖を回って別荘へ。室温10度、割合、暖かい。

ベランダの手すりのうちの1本の皮の半分くらいが、剥けている。動物がやったらしい。来年は、全部剥がして、防腐塗料を塗る必要があろう。紅葉ではなく、黄葉。

1977年　6月18日

朝11時出発。3時半着。途中、団子坂で昼食。梅雨、よく降っている。着いた途端に降り出した感じ。しかし、山の雨はおとなしい。雷がなっている。

部屋には鳥の糞が散在し、石油ストーブに死骸あり。どこから入ったか推定すると、煙突から落ち込んだらしいということになった。おかげで、掃除が大変である。今日は特に寒い。室温15度だった。

8月4〜13日

4日、12時15分出発、4時30分着。途中、団子坂で昼食。カツカレー、うどん、スパ。すごい人出だ。とにかく暑い日が続いている。昨年は寒かったが大違い。途中、韮崎から小淵沢まで新しい中央高速に乗った。なかなか結構である。原村農協で買い物のうえ、別荘着。

8月5日

娘発熱。37度4分。なにしろ昨晩から今朝にかけて、室温は18度に下がった。今までより10度も低いので、すぐには、適応しない。家の下に防腐塗料を塗り、雨戸を3分の2、油性塗料で仕上げた。昼、原村農協へ。

8月6日

風呂場の水漏れ修理。パテで2箇所のコーナーを塞いだことでうまくいった。2階べランダの付け根をコーキングする。うまくいったかどうか、雨が降らないと分からない。これで大体、主な作業は済んだようだ。あとはベランダの防腐塗料を、塗るかどうか。車で別荘地をサッと回ってみた。あまり多くの人が来ていないようだが。駐車場を、少し広げた。山の作業はあまり疲労しない。草や木を見ていると、飽きない。

8月7日

茅野駅近くで、買い物や食事、姉を駅に迎えに行く。

8月8日

昨日姉が持参した郵便物に、税務署の書類があり、突如、予定を変更して、東京へ一時帰京。早朝4時半、山を出発する。来荘以来、初めての雨が、明け方の山の草木を柔らかに濡らしていた。山の4時半は、もう十分に明けている。

8月9日

朝、割合元気がよかったので、遠出と決定。尖石遺跡から蓼科。ここで昼食。ボート。その後は、霧が峰までドライブ。ここのコロボックルという小屋で休憩した。姉は十何年ぶりとのこと、むかしは歩いて来たということである。夜、索さん発熱、扁桃腺炎である。

8月10日

一日中ゆっくりした、索さん発熱のため原村農協まで、買い物に出た。今朝は冷えている。

8月11日

午前中かなり遠くまで散歩した。別荘地がなくなるまで、遠出す。天気があまり良くないが、気温が高くないので、歩くには、ちょうど具合よい。午後、ベランダの手すりの皮むきをした。

8月12日

今朝は曇りだが、気温が少し上がってきた。姉、午後東京へ帰った。茅野まで送った。そのあと、尖石遺跡を再び見て帰る。由加、合宿訪問のすいか2個買う。

8月13日
本日、東京へ帰る。11時半〜12時出発予定。由加、富士見での合宿を訪問するとのことである。

8月26〜28日
26日午後7時30分出発、10時30分着。今回は、仕事をしないことにした。

27日（土）曇り時々晴れ、時々雨。

あまり寒くないので、助かった。午後、ペンション見学。別荘で蟻が2階まで上がりこんだ。玄関の電源ボックス付近も一杯。処置なし。来年は何か方策を立てねば。

28日（日）曇り、時々晴れ。

今日は、暑くなった。午後25度まで上がる。蟻のため、殺虫剤を振りかける。あまり効果はないようだ。午後3時ごろ帰る予定。

10月29、30日
紅葉を目指した一泊。9時30分出発。ローレル新車である。珍しく、大月から甲府バイパスまで割合、車が多い。韮崎より中央高速に入り、八ヶ岳横断道路方面へ出て、有料道路で原村ペンシオンまであっという間に着いた。今までより1時間も短縮されているかもしれない。気温、ちょうどよい。29日は、付近を散歩。
30日朝、気温7度。しかし、どんどん上がって正午には23度。全国的に気温が高い。今回は、幸いであった。空気の透明度は、この季節が最高。朝、美濃戸口方面のルートを僅かに辿ってみた。3時頃、帰る予定。当地の紅葉はあまり見事でない。しかし落葉松の黄葉はきれいである。

12月24日
一度、冬の山小屋も見ておきたいし、大月から勝沼まで高速ができたので、出かけた。8時30分発、12時着。これは、まさかと思ったが、原村付近で雪が積もっており、もしやと思ったが、別荘入り口の坂で、とうとう、チェーンをとりつけた。持っていてよかった。山の雪はまだ一面の雪景色ではないが、昨夜降ったとのこと。チラホラの雪がおとなしい。今回は泊まる予定なく、その元気もなく、2時頃、出発して帰る予定。

1978年　3月31日、4月1日
9時出発。勝沼まで今回は高速が通り、さらに中央高速、小淵沢、原村ペンションョン方面へ。随分、時間が短縮されてきた。12時30分着。気温、4度。家の中、少し汚れている。夜、索さんが、星を見るために、管理事務所の前で、望遠鏡を組み立てる。寒いので、石油ストーブを用意してくれた。ただし当直の人は農協の集まりとかで、不在。6時半から8時頃まで、寒い中をお付き合いした。気温はマイナス4度。夜、水落としが遅れたため、朝、トイレ、洗面所の水が出ない。午後2~3時頃、帰る予定。寒い時期の利用の経験である。

7月8、9日

11時30分過ぎ出発。勝沼からは高速でないルートで、3時30分着。途中、サンドウィッチをつまむ。白州付近で、すごい三重衝突があり、比較的直後だったので、あまり待たないで通過した。重傷者はすでに不在。

着いてみると家の中が荒らされた感じ。呆然として次々に見てみると、風呂場に黒いビニール袋などが食い荒らされており、なかに動くもの一匹。鼠の仕業である。被害は、マヨネーズ、椅子布団などである。4畳半の壁に掛けてあった買い物籠のなかに巣があった。正体はすでにない。たまたま鼠一匹が動いて、玄関の下駄箱の下に入りこんだ。追い詰めようとしたら、姿がない。よく見ると、下駄箱の隅の付け根に空間があり、壁の空間とつながっている。これで進入路を発見した。ここを塞ぐ。今度は床下の壁を塞ぐ予定。昼間は24~25度、朝は15度。木が生長したように見える。草もまだ傷んでいない。3時頃帰る予定。

(1) 家の中に余分なものを置かないこと。カビの原因となる。

(2) 床下に色々なものを置かないこと。

宵待草が家の周りに昨年ほどには多くない。

8月9日~14日

今回は全員の時間調整がなかなか一致しなかったが、一応5泊の予定。本年は、7月5日に梅雨が明けてから、とにかく暑い日が続いており、記録的ということである。こんなときこそ長期滞在したいものである。

午後1時15分出発。車の流れはよく、割合速く到着した。原村ペンシオンで早めの夕食を済ませた。

8月10日

朝から鼠侵入防止のための金網を床下にとりつけた。途中、休みながら昼過ぎには終了。低い位置での首を曲げながらの作業と、金槌打ちのために、左肩と腰と膝が痛い。どうやら、左耳の音響外傷のようだ。日中の室温28~29度、朝は18度。

8月11日

朝、テニス。下手くそである。しかし、外で体を動かすことが、とにかく必要。暑い。昼前より蓼科へ向かった。U先生のところへ寄るのが目的だ。悪路の末、ついに到達したが、ご不在である。大分ひどい別荘だ。「……タテシナ」で昼食、あと魚力へよって帰る。

8月12日

朝、下手くそテニス。それも体が動かない為だ。プロパン2本交換した。今日はバーベキューの予定。少し涼しい。

8月13日

蜂の巣発見。屋根の空気抜きより出入りしているのを見つけた。大きな蜂である。2階の天井から覗いてみると、大きな巣ができている。危険には近寄らないほうがよい。

昼は戸外でカレーライスを食べた。明日帰る。

8月25～27日

11時15分発。途中団子坂で食事。少しメニューが替わった。マーボ豆腐うどんを食べた。原村を横に見て、農業大学校方向へ直接向かった。まだ舗装ができていない。夕方は、クラブハウスで食事。海老フライ定食をとる。たまに外で食事すれば、別荘での時間も少しは有効になり、リラックスするだろう。26日朝、テニス。球を打って追いかけるのではなくて、球を捜すというやり方である。体を動かすのが目的である。常に、一方通行テニスである。

10月21日

日帰り。

紅葉はまだそれほどでもない。1時30分着。気温10度。山を散歩した。何とか来年は、暖房方式を考えることにした。

11月3日

暖房、石油式（コロナ）を取り付けた。床下へ吸排気を出した。暖かい。これで冬も使うつもりなら、使えないことはなくなった。

1979年　4月14、15日

本年初めての来訪。早ければ落葉松の芽吹きが見られるかな、と思っていたが、来る途中では、確かに始まっていたが、この山では、まだ少し早い。多分後1週間位なのだろう。本年は、外壁の塗装部分で、南向きのものの、手入れが必要だ。手が届かないところなので、どのようにするか、竿の先にローラーを取り付けて塗装することになりそうだ。

朝11時頃出発。順調。途中、テンプラそばを食べた。山の奥深くまで選挙カーが来ている。

5月3〜5日

今回は、2泊で一家珍しく揃った来荘である。お二人さんは勉強が忙しくて、調整が大変。来てからもよく勉強しているみたいだ。

朝6時出発。途中の小さな食堂で朝食。納豆に卵、味噌汁。4人で、1、450円なり。索さんもおいしいと言って食べていた。到着は10時頃である。今年は落葉松の芽吹きが少し遅いようだ。僅かに芽を出しているのもあるが、全山、息吹くような気配がない。4~5日早かったか。この連休は、天気に恵まれなかったのだが、3日は好天である。三井の森の食堂で夕食を食べた。八ヶ岳がはっきり見えて、とてもきれい。ベランダ側の軒下部分を塗装した。白樺を6本植えた。浄化槽の土止め作業をした。ここには、つつじを植える予定。

6月14、15日

1泊。10時5分前発。2時着。緑きれい、つつじ満開である。作業をしに来たので、雨戸を4枚塗り、前の方に踏み込めるように、下草を刈った。浄化槽付近は、つつじが植わってとても落ち着いてきた。夜はロッジで食事。幸い、夜、少し雨が降っただけで済んだ。

緑の具合は、真夏より優れている。ほんのちょっとのつもりが、つい気を入れて草刈をする顚末になる。主として、道を刈る。14日、夕方のせいか、ズボンの中まで、ぶよ、が入り込んできて、おかげで妻は右足首のあたりが、腫れ上がってしまった。風呂の、排気口近くに巣を作っていた小鳥の雛が、昨夜は、親鳥を求めて鳴き続けていたが、私たちの来訪で、巣に寄りつけなくなっていた親鳥が、昨夜のうちにうまく引越しさせたらしく、今朝は姿が消えていた。お見事。

7月24〜26日

朝、10時発。順調である。団子坂でカツカレー。高速、バイパスもスムースで、正味、3時間弱で到達している。山は、この前より一段と緑が多い。折角切り開いた所も、かなり草が多い。やはり体を動かすのが一番だが、山仕事は疲労感がない、何も考えないから。枯れ枝の処分が概ねすんだ。25日夕方、ボートを漕ぐ。誰もいない人工湖。蓼科山がむこうに見える。蜂が2箇所に巣作りを始めた。事務所に言って処分してもらった。26日午後、雷雨あり。一時停電もあった。

8月8〜17日

今回は本格的長期滞在である。出発は、8日午後6時頃。夜10時着。順調である。息子を軽井沢に迎えに行った。帰りに茅野西友へ。後の日はもっぱら遊びだが、私は別荘維持の為の作業もあった。更に *Clinical Oncology* の翻訳仕上げ。割合天気がよく、僅か夕立が2回くらいあっただけ。気温は最高室内で26度までだし、そろそろ秋が近づいている臭いがする。

かなり健康的に過ごした。テレビがいよいよ駄目になった。

8月31日、9月1日

予定どおり金、土で来荘。竜王から右折し、広域農道を通って韮崎インターに入る道をとった。時間短縮され、日中なのにほぼ3時間で到着した。農協が休みであって、立ち話から泉野小学校給食のおばさんと知り合い、その家で野菜を分けてもらった。部落の模様など、新しい発見あり。土曜日朝、散歩、ボケの採取を行う。ボート小屋のおじさんと雑談する。何か、土地の人たちとの会話が進んでいる。テレビはいよいよ寿命となった。ブラウン管がだめで、捨てることに決定。

1980年　7月12、13日

何と1年近く来なかったので、一体どう変わっているか、部屋はどのくらい、荒らされているか、分からない、という気持ちがあった。3時15分出発。今回は甲府昭和インターなるものが開かれたので、随分時間が短くなった。3時間切れるくらいであった。初めの頃と比べると何という変わりようかと思う。山の状態や、家の状態も、以前ほど意識しなくなったということもある。余り変わってないし、家の中もそう変わっていない。多少、蜘蛛が働いているだけである。3年間も放っておけば、蜘蛛と鼠に、荒らされるということになるだろう。朝、ロッジ周辺まで散歩したが、建売やら新築やらで、結構、賑やかになっている。朝は雲が全くなく、晴天である。梅雨明け前としては、ラッキーな訪れであった。霧が峰ビーナスラインを、はっきりと眺めることができた。昼過ぎ帰京の予定。

7月25〜27日

途中県立美術館へ寄ったが、道を間違えたために、随分時間を食っていやになった。ミレーに余り感激なし。夕方、バーベキュー。26日は、朝テニス。期外収縮多く閉口して数分でやめた。あと2人は、比較的元気である。午後は、ボヤボヤ。少し草刈をしたくらい。27日は朝、残飯用の穴掘り。26日の午後から、雨が多く、今回は半分以上曇天である。山は、やはり、晴れてないと良くない。27日正午過ぎ、出発予定。

8月8〜16日

長期滞在である。テニス朝8〜9時、2人とも上達。駐車場造り、砂利入れ、家の周囲の砂利入れ。10日には東芝林間の5人がきた。バーベキュー。煙突の上に、金網を被せた。今回、期外収縮すくなし。かなり動いた為であろう。今回の滞在中は比較的天気がよく、東京出発までの涼しさとは変わって、やっと夏らしさを、当地で味わったという次第である。16日に帰る予定だが雨降りである。八ヶ岳美術館なるもの建物も面白い。地方の名所になりそうである。場所も、ペンション、太い道路より少し入った良い場所である。

10月10、11日

秋はいつも澄んだ空と空気と黄色い山なのだが、今回は、夏がいつも寒く（明治以来の記録とか）、9月は少し暖かく、雨が多かったようで、色々と狂った天候であった。その影響もあってか、今回は期待したようではなく、どうも雨がちとなった。気温はそれほど低くないのが幸いである。今回は朝7時に出発した為、久しぶりに相模湖インターから出て高速には入らないで下を通って来た。それなりにムードもある。山では相変わらずぼやぼやするのが目的である。少しは体を動かすので、これは大変後で良い効果を示すようだ。

1981年　5月3～5日

連休だが、前にもこりているので、時間帯をはずしてやって来た。帰りも同じ。思いの外、天候よし、特に余り変わったこともなかった。3日、八ヶ岳美術館に寄ってくる。竜神池公園のレストランで昼食を食べ、咲き残りの水芭蕉を見ることもできた。

7月3、4日

今年の夏は、米国へ行くことになっているので、こちらには余り長い滞在ができそうにない。その為もあって、今回一泊で来荘した。本年はとてもよく雨が降ったようで、草木がよく繁茂している。前の道には、一部川ができている。

8月22日

大型台風が近づいているのだが、今年は米国で一家で過ごした為に、こちらに休暇で来ることができなかった。とにかく台風の中を強行した。甲府あたりでかなりの雨に見舞われた。当地は降ったり止んだり。家の修理は、留守のあいだにできている。屋根などの塗り替え、床下の保温工事、二階ベランダの補強、一階ベランダ手すりの取替え、かなりの作業である。鉄骨の塗り替え以外は、あと10年くらいやらなくても済めば有難いのだが。

8月29、30日

先週は台風に追われて……というよりは台風に向かって夜8時半に出発、土砂降りの中を東京へ戻った。日帰りである。結果はそれで良かったのだ。翌日、中央道は、相模湖付近で土砂崩れがあり、不通となったようだ。今回は再挑戦というわけである。ところが金、土と雨、どうも仕方がないと思っていたら、日曜日になってやっと晴れ、気温も上がった。やっと本年初めての当地での、夏を味わうことになった。今年はボケがよく実をつけている。雨が多いせいか草が元気のようだ。土曜日は西友のあと山伝で食事、日曜日はベランダの防腐塗りをやった。「南アルプスから見た日没」の写真を部屋の壁に取り付けた。

10月31日、11月1日

周辺のペンション、竜神池へ。落葉松の黄色は見事である。今回は良い天候だった。

1982年　5月22、23日

快晴。今回は、今年初めてなので、何かと手入れが主体となった。2階ベランダ側、1階4畳半の雨戸塗り。前の方に平らなスペースを作る準備をはじめ、少し手がけておいた。2日目、とても晴れ上がってきれい。

7月23、24日

今回はまだ梅雨が明けていないのだが、5月以来、やっと来た。そして、頼まれた講師も一つ断ってやって来たわけである。なんと休みが取れないことか。働き蜂ということか。この家の2階では、ずぼらな蜂が古巣にセッセとやって来ている。今年も「頭に気をつけること」。長崎地方は大雨で、数百人の人が災害で死亡した模様。この低気圧が関東地方にもやって来ている。昨夜から今朝に掛けて、結構雨が降った。パラパラ、ポトポト、という2階から玄関へ出た屋根をたたく音は、昨年までと少し違う。これは、屋根を塗ったせいと思うが、よくみると、何と、かなりの範囲にわたって、はげてしまっている。なさけないことだ。外壁も少したわみだしたようだ。今回は、食器棚を購入。ベランダにシートのひさしをつけることを依頼した。この夏のこの家も、7年目で少し変わってきそうである。

8月3～5日

今回は初めてお客様を泊めるということでやって来たが、何と迎えたのは台風であった。朝7時ごろに東京を出発。台風10号がやって来ていたのだが、予定に従って行動するということで、友人三人を乗せて、それでも雨の中をこちらに着いた。午後はやむなくマージャンというわけで何としゃれたスケジュールのようであった。夕方より風強く、雨吹きつけ、時々、木が家に当たってかなり振動させた。何とも大変な夜だったが、中央道土砂崩れのため不通、東名高速不通、その他、被害の状況は逐一テレビで放送がある。それでも昼前からは、晴れて、友人二人は釣りに、一人は散歩に出かけた。夕方、茅野市でそばを食べ、明朝早く出ることに決めた。1時半頃出発。軽井沢回りで、これも一方通行の碓井バイパスを5時間もかけて通過、東京に着いたのは何と午後2時半という次第。（8月10日記入）

8月9～12日

夕方3時半過ぎ、出発。4泊の予定が3泊となった。理由は左目のトラブルのため。ひどくなると運転できなくなるから。

今年の夏は冷夏、多雨というわけである。連日連夜、よく雨が降る。前回は2回、車がスリップ。今回は1回。管理事務所に注文をつけた。それでも2日目と4日目には日中は晴天もあって、前回取り付けたテントが有効である。

毎回のこと、特に感想もない。来る途中、小淵沢フレーベル館の田舎やで、てんぷら定食を食べた。向島生まれ、三鷹でクリーニング屋をやっていた夫婦が、ここの経営をしているとのこと。しかし今年は気の毒、冷夏でお客も少ない。1、500円也。

2日目、懸案であった押入れに棚を取り付けた。床屋さんに紹介してもらって宮沢木工所から合板を3、000円で購入。これを45㎝×162㎝に切ってもらって取り付けた。便利である。

3日目、西友へ行く。今回は無人販売所の野菜もよくない、高い。家の一部外回りの塗装、コーキングをやった。4日目、左目トラブルの為、夜帰ることを即決した。

8月28日
管理人が道路補修、落葉松を一本切った。山の花集めなど。

10月9、10日
台風が9日の朝、房総沖へ抜けたということでそのあとの快晴を期待していたが、思うようにはならない、かなり曇りである。このところ、良い天気に恵まれないように思うが、これもいつものことか。当然、紅葉には早いが、それでも、うるしの種類は少し赤みをもっている。この山は、それが少ないのが、残念である。しかしまだ早いが、落葉松の黄色は見事である。

1983年　5月4日から

蜂の子料理、初体験。高遠まで出かけた。絵島の囲い屋敷、などの観光。

8月3〜5日

全員参加。暑いのが問題だ。

8月3〜5日

今回は、全員揃ってのことである。火曜の11時20分発。団子坂から由加運転。双葉で食事……といっても食堂は満員なので、ハンバーグで食事。何しろ暑い。今年は7月27、28日ごろまで梅雨冷えで、冷害が心配されている。ところが、梅雨明けと共に暑い。西の方は、気象観測始まって以来という37度以上を記録したところもある。3日は、3時着。4日は、由加と索はテニス、5日は索が赤城へ行くというので、小淵沢駅まで、送った。あとは、何もしないでボヤボヤ。山を上がったり下りたり、これが体調に良いようだ。今年は、昨年取り付けたベランダのテントが有効である。

8月26日から

双葉で食事、管理事務所は無人販売も始めた。私は学会の準備。民宿での野菜予約などもあった。

8月26〜28日

金曜日昼前出発（午前中の仕事を終えてから—順—）。
双葉SAまでノンストップ。

1984年　6月9、10日

この時の記録を書き損ねた。今回は7月27日の夜着いたが、思い出しながら書きとめておく。

朝9時頃にMrs. Neumanにアパートまで来てもらって、出発。途中は順調。昼食はニューこぶちできじそばを食べた。八ヶ岳美術館を見て家に到着。すぐ、掃除を行った。あとどうしていたのか、余り記憶がない。ただ、とくになにも、心使いもなかった。夜はバーベキューを食べにいく。帰ってから一杯飲んで就寝。翌日は、尖石美術館へ。昼前に出発。双葉で何かつまんだ昼食。相模湖で高速を下り、逗子まで送った。結構渋滞もあり、帰ったのが8時くらい。とにかく、割合のんびりした2日だった。

7月27〜29日

ちょうど6時に出発したので、随分、早く着いた。小淵沢には8時前である。フレーベルで少し辛い豚のしょうが焼きを食べて9時前に到着。別荘地の道を修理しているために、前の道は、迂回道路となっており、少し整備されてきたようだ。明日は草刈と鉄骨のペンキ落とし。29日の朝は少し雨模様だが、すぐ上がった。台風は九州方面へ抜けている。

8時20分からロサンゼルスオリンピックの開会式が始まるので、今朝は専らテレビということになりそうだ。昼ごろ出かける予定。

8月11〜19日

今回は、久しぶりの長期滞在である。何しろ今年の夏は記録的な暑さで、連日30度以上、これがまさに20日間くらい続いているわけである。いつもならかなり夏の終わりをただよわせるこの別荘地も、いつになく賑わっているようだ。姉は、月曜の夜一緒に東京を出発し、こちらに2泊したあと汽車で帰った。茅野まで送った。今回は、鉄骨塗りが作業のすべてである。初回は錆落とし、2、3日目が錆止め、3、4日目が上塗り、というように、大変時間の掛かる作業だった。17日夕方は、友人一家がやって来た。3人の子供連れである。バーベキュー、翌日は竜神亭で食事した。ぼけの実をお土産に持って帰った。今回は一回も雨が降っていない。珍しいことだ。野菜無人販売所が昨年から大きくなった。しかし物が悪く、高くなった。余り魅力がないと、妻が言う。

10月

がんセンター放治部の旅行ということで、原村ペンションに一泊した。その折にちょっと、寄ってみた、というわけである。娘さんたち、きれいに使っている。

１９８５年　５月18、19日

がんセンターメンバーのうち、４人が同道した。１時50分発、銀座入路から直行したのは初めてである。それなりに、距離感がある。幸いここ数日は、全く晴天に恵まれていたのだが、山は多少事情が異なり、割合、雲が多かった。夜はバーベキュー。帰って一杯というところだが、その後12時に寝たのはよいものの、まさに寝付かれず、心臓は絶え間なく期外収縮を起こし、朝まで結局殆ど寝られなかった。状況としては最悪である。８時に床を離れたが、期外収縮も少なめとなった。２階には、同僚と私、下には、ご夫人たち。この時期とすれば、随分暖かく助かった。女性は、結局はまかないに回ることになる。手際はよいが、やはり他人の家なので、面くらいがちなのは仕方がない。日曜日には、10時まで朝食、ベーコンエッグというわけである。ミルク、コーヒー、一応は揃った。その後、皆をロッジ方面に散歩に行かせ、私は後かたづけと、このノートを書いている。一人は「おだまき」に多大の興味をもった。掘って持ち帰って、鉢植えにしたいとのことだ。

７月20、21日

前回、多少、食べ物が残っていたこともあって、鼠が入ったようだ。それ程荒らされたわけではないが、不快。まだ十分に、夏になりきっていない。梅雨明けではあるが、不安定である。時々、雨がぱらつく。今年の梅雨は、雨が多い。植物はたしかによくのびている。

それだけ湿度も高かった。ベランダの、横支えの根元部分が、腐蝕している。ぐらぐらして危険なので、補修を頼んだ。

8月11〜13日

S令嬢来て、色々点検、将来、別荘を建てる予定である。二階の天井裏の大きなハチの巣にびっくり。由加はそれなりに、S令嬢と行動を共にしている。長年の友人である。

8月11日

順は、12日早朝、帰京。急に事態が変わって、予定した夏休みが取れなくなったため。今朝は午前3時30分にたたき起こされ、東京を4時過ぎに出発。双葉インターは普段では考えられない程混んでいた。7時頃到着、野村山荘に前日より泊まっているS令嬢とS夫人に会いに行く。

8月13日

昨夜、日航機が、八ヶ岳近くに墜落するという大ニュースがテレビを独占する。夕暮れの空を、コントロール不能で飛んできた羽田発大阪行きのその飛行機には、500人を超す人たちが乗っていたとか。

ここで、大事故のニュースに接することは、初めてだ。

11、12日と不安定だった天気が回復。朝から晴天。S夫人たちは、1時に迎えに来るタクシーを待つ予定。茅野駅は改修中で、駅舎は小さなバラック。東京行きの指定席など望むべくもなく、あずさ号で立って行く。こんなこと、初経験とのこと。でも、自由席に乗ったおかげで茅野から小淵沢、八王子から東京までは、空席に座ったとのことである。

1986年　6月7日

今回は長く来れなかったので、下見というところである。一泊もできない日帰りである。そろそろ梅雨入りに近く、湿度が高い。電話設置を申し込む。遅まきながら。たらの芽少々採取。頼んであった下から我が家へ到る細道の整備、〔階段造り〕がしてあって、ずっと登りやすくなった。

9月12〜14日

今回で4年越しの切り株を除き、一応平らなスペースを造ることができた。来年は、ここに芝を生やして、僅かな平らなバーベキューでもできる場所にしたいものだ。

12日早朝東京を発つ。ベランダは雨に濡れていたけれど、昼間は幸い晴れた。13日午後、柳川の音の聞こえるところまで歩いてみる。その後、槻木橋のあたりの鳴岩川の河原に、はじめて下りてみる。民宿〝つり橋〟に寄って、とうもろこしを分けてもらう。顔なじみの、太ったおかみさんは、「タヌキがかかえて行くでねえ」などという。タヌキはとうもろこしが好物とかで、タヌキの通り道が二本、とうもろこし畑についていた。おかみさんはナスも採ってくれた。こんな交流はいい。その後、近くにできた新築の別荘を覗いていたら、持ち主がやって来て、どうぞ、どうぞ、と中を見せてくれた。おまけに日本酒のおみやげまでくれた。管理事務所の彼女は、折角だからぜひ〝きのこ〟を採っていらっしゃいと言う。でもきのこは不気味なので、無難なところで、ボケの実を採ることにした。久しぶりにボケ酒でも造るつもり。今年建った〝お隣さん〟では、若い夫婦がベランダからぼんやりとこちらを見ていたので、声を掛けてみた。人懐っこいこの人たちに、ボケの実を教えてあげる。こんな交流はうれしい。14日早朝出発予定。

10月10～12日

10月10日、午後2時過ぎ東京を発つ。この日は体育の日で休日だが、私は前日夜、松江市の癌治療学会から帰ってきたばかりなので、出発を遅くしたのだ。夕暮れの、八ヶ岳公園道路端の売店で、きのこを買う。夜半から11日の午前中は、ずっと雨。寝坊して閉じこもっている。珍しく朝、訪問者あり。戸をどんどんとたたく。風呂場の外に、水道を取り付けるための下見に来た水道屋さんであった。二階の窓から顔をだして、応対する。午後、原村農協で買い物をした後、別荘地内を少し散歩する。雨の後、紅葉にはまだ少し早く、曇り日の山は、秋の風情としては、イマイチといったところ。新しいゴルフ場と、新しい道は完成していて、舗装と芝生が真新しい。12日は、早朝出発予定。

1987年　6月20、21日

朝8時頃、雨の東京を発つ。途中ものすごい降り。八ヶ岳近くの、反対車線で、裏返しになっている車を一台、すぐ近くで、ぐるぐると二、三回転している車を目撃する。スリップは怖い。久しぶりの原村農協で、いそいそと買い物をして、山荘に着くと、幸い小降り。でも結局は一日中雨で、タラノメ、ワラビ等の収穫物もなし。つつじも、もう終わりだと無人販売所で休憩中の小父さんたち。

二階ベランダの外側、2箇所が、キツツキによって穴が開けられている。この他にも以前少なくとも2箇所がやられている。どうしようもない。ベランダが広くなって、気持ちよくなった。土台部分の腐った所は、モルタルで補強されており、今回はこれで安心である。風呂場の外側に手洗い用の蛇口をつけた。何か遅ればせながら、電話も設置したり。さてこれから何年利用できるか、数えてみると、もう、12年も経っている。

8月1〜6日

1日　朝7時過ぎ東京出発。途中原村農協に寄ったりして、正午ごろ山に到着。かなり湿気が強いという印象。

2日　朝8〜9時頃、由加夫妻到着。夜来の雨も晴れたので、一同で原村農協に買い物に。昼食は、もみのきそうで、山菜そばなどを。ここに清水氏の彫刻があることを初めて発見。午後遅く、二人はテニスに。シャワーをあちらで浴びてきた二人を待ち構えて、バーベキューを。しかし残念ながら、雨になってしまった。バーベキューにしては、スタートが遅すぎた感じ。

4日　由加たちは木曾へ。夕方茅野まで下りる。西友は蓼科に向かう逆の方に引越していた。なんだか安っぽくて感心できない。夕食はデニーズで。近頃珍しく安っぽい味のものを食べてしまったという感じ。若い二人は9時過ぎに帰宅。
5日　早朝から三人はゴルフに。午後雨。ゴルフ道具を濡らして帰宅。
6日　片付けを色々して、一同、11時頃出発。双葉サービスエリアで由加の握ったおにぎりを4人でぱくつく。それにゆで卵、売店で買ったこんにゃくのおでん。これで昼食ということになってしまった。ここで二人と別れる。高井戸あたりで、二人の車が追いついてきて、去っていった。帰宅は、2時頃。山はかなり暑いほうだったのだが、その間、皮肉にも涼しかったという東京も、また暑さが戻りつつあるようであった。
首都高速は混んでいて、千葉に着いたのは、4時頃とか。

9月19、20日

朝、6時45分発。9時半着。途中少し雨気だったが、あとは、快晴。日曜日は、気持ちよい。近所に家が建ちだした。ゴルフ練習場では、赤とんぼを見ながらのスイングである。最高というべきであろう。

1988年　6月17〜18日

急に建て替える気になり、今回はそのつもりで来た。1年ぶりに来てみると、斜め後ろに大きく立派な一軒ができていた。結局、Aさんに言って、概略の図面を描いてもらうことを、頼んだ。その前に、Aさんが建てかけている数軒を見せてもらったりしたが、久しぶりに、別荘地内を回って見ると、驚くばかり増えているのを知らされる。ゴルフの練習場へ行って、少々打ち、その後、串の坊で、串揚げ定食。

17日朝、NHKドラマの為に小淵沢町が建てたという信玄館なるものを、見物してから来た。〝河原の店〟は寂れていて、商品の種類も少ないけれど、高校生だという可愛い娘が手伝っていて、色を添えていた。似てはいるが母親の方は、少し縮んで老けてきたけれど。

7月31日〜8月4日

今回は、冷夏の東京、まだ梅雨も明けていないという状態だったが、久しぶりの長期滞在となった。いよいよ、この山小屋も今年でお終い。次はもっと大きいものを建てる準備中である。今回はゴルフ中心、あすか嬢のお守り中心というわけである。2日と3日にわたって、1R回った。妻は、3日午後、初参加。由加は3日午前に参加。それなりに楽しめるのがゴルフというもののようである。

次回は、家のあと始末をしなければならない。

8月7日から

索が友人3人を連れてきた。若者の交流である。澄んだ大気で、アンドロメダ大星雲が見れたと言っている。良い交流であったようだ。（私は何回か土星の環を観測した）

8月15日

由加一家の来荘。今年で、この別荘も建て替えるので、そのつもりで、楽しんだようだ。18日まで滞在。

8月18～21日

いよいよ建て替え準備が始まった。A建設とS設計士が来て、建築範囲の杭打ち、前に設計図は確認してあるので、今回は最後の段階である。私の仕事は妻、姉とともに、家の片付けである。保存したいものは、A建設の倉庫に保管した。この数日は何かと忙しい。農協の相談、管理事務所での手続きなど、やるべきことも多いが、今度は、新しい、広い別荘となるので、期待がある。

でもこの小ぶりの山荘も、まだ使えるようであるけど、家族も増えたし、より快適で長持ちする設計になっている。今年度中に屋根が乗り、建築は来年春には終わる予定である。

13年の短い期間ではあったが、多くの経験を得ることができた。マンションの比較的閉鎖性の高い「壁」から抜けて、「壁」を意識しない空間で、心の「壁」も多く取り除いた。

ひと言

本書の主要テーマとした「壁」の除去の在り方でもあるように思う。おそらく別荘を作った多くの方は、別荘で過ごすことで無心の境地となり、結果として帰る時には、日常の頭と心に頑固に存在する多くの「壁」を無くせたのであろう。別荘へ行けば、仕事が捗る、と言っていた文士がいた。無心の境地に成れたからであろう。海抜1、300メートルの高地、別荘地に入った途端の別天地、森の香りが心を癒す。森の香りに包まれて、山仕事をしての疲労感は無心の境地である。晴天の夜は、満天の星が迫ってきて、体を包むようである。

行った日ごとに、行動を詳細に、書いたのは、この壁の除去の経過を読んでいただきたい気持ちからである。

(この山荘録は3冊のうちの、最初に建てた別荘での記録である。後の2冊は、建て替えた後の広い山荘の記録である。その中に1977年10月18日に富士見へ行き、堀辰雄の『風立ちぬ』の舞台となった所を歩いたという記録がある。既に富士見高原病院となっており、その中に、旧療養所の一部、おそらく堀辰雄が入院していた部屋を含んでいると思うが、それが保存されているのが分かった。丁度休日で中に入れてもらえなかったのだが、間違いないと思う。最近、経年劣化で保存が不可能となり、これは取り壊すとの報道があった)

六、　医学部を志す君へ

長年、医師として仕事を続けた者として、何かアドバイスできることがあるかどうかは疑問なのだけれど、何か一つでも、お役に立てるならばと思って書いている。

私は1955年の卒業である。現在、医学部に入るための学校教育の内容は、今のインターネット時代で、何かタブレットのような機器を持ち込んで、便利に、効率良く、高度な内容を学んでいると思っている。

最近の共通テスト問題は、毎年その内容が新聞に出ているので、それをみると、とても難しい。私にはとても理解できない高度な内容が問題として、提示されている。今の学校では、このレベルの内容が理解でき、問題の解答ができるような、教育をしているのだろう。私の時代の教育内容は、こんな高度な問題に答えが出せるようなレベルではなく、もっと低いもの、中学生でもきっとできるような内容だったと思う。

まず、諸君は共通テストの難しい壁を打ち破って、なお、良い成績順位でないと、医学部への進学はできにくいようだ。最近は医学部志向の方が多いので、この成績に足切りがあり、ある成績以下だと、医学部受験ができない大学もあると聞いている。私は最近の学校教育の内容とか塾とかで、何を教えているのか全く知らないから、これ以上は触れることを遠慮したい。

さて、君はなぜ、医学部に進みたいのか。その理由を一人ひとりから伺いたいけれどそれは無理として、私の経験を話すことでご理解が得られるかどうか、これすら至難で、的外れのことになりそうだ。

医学部の教育内容は、科学、医学の進歩、社会からの要望などで、著しく変化し、高度なものになっている。問題点を絞って「なぜ、君は医学部に進学したいのか」と「君は医学部を卒業して、医師になって、何をしたいのか」「医学の領域には色々な分野があるけれど、君はどの分野に興味があるのか」の3つにして、それぞれに、私なりの経験を話すことで、締めたいと思う。

第一の質問の、なぜ医学部に進みたいのか、と問うことには、諸君は答えを持っているはずである。諸君たちの動機ははっきりしていると思う。もし、曖昧なまま、一番難しく、希望者が多いから、ということなら、この際、考え直していただきたい。社会は色々な分野で成り立ち、それぞれ意欲を持って、そのどれかを選択する。もし動機が収入が良いから、とか家族の要望があるから、ということなら、このような動機であっても、医学部での教育で、これが打ち消されて、正しい方向で活躍している医師も多い。医学部の教育が、さらに医師となった後の経験が、君たちの初めの動機を変えてくれるだろう。だから、動機にこだわるのはやめておく。ただ、君が何か決めた方向へ進みたいというはっきりした人生の目標があるなら、それを選ぶべきである。周囲から医学部進学を勧められても、拒否して、本当に自分がやりたいことで、豊かな人生を送るべきである。

第二の質問は臨床医との関係である。医学部志望者の多くは臨床医となる。第三の質門は、これも含めた医学全般についてなので、ここでは、臨床医に限ってみた。ご存じのように、医学部教育は前半が基礎医学、後半は臨床医学で、卒後には研修医としての何年かがある。基礎医学は臨床に進む人は軽視しがちだが、とんでもない間違いである。解剖学、解剖実習にはかなり、時間をかけるが、これをきちんと勉強しておくと、臨床医となった時に、この知識、実習がいかに役立つものかが認識されると思うし、他の基礎医学も同様である。臨床医学へ進めば、それぞれの分野の専門医が主体となっての講義や実習があるが、今は、私の時代とは比べようもないほどに進歩している。担当する先生方はその分野に精通し、その上、研究にも携わる。その科の患者の診断、治療が講義の主体であるが、私の時代には考えられない、機器、薬物の進歩で、講義も様変わりしている。患者の診察で、異常な所見や病状からその原因を突きとめ、以後多くの同じ病気の発生が避けられた例は多い。私が入った医学部では、乳児の異常な下痢から疑問をもち、原因は粉ミルクに微量のヒ素が混入していたことが第一病理学の先生によって突き止められた。他大学でも多くあげられる。水俣病は新日本窒素肥料水俣工場附属病院長が保健所に異常症例の患者の発生を報告したことから、知られるようになった。臨床医は患者の異常を発見する機会がある。有名な川崎病は1967年に川崎富作先生が報告したが、未だに原因が分かっていない。このように日本人の医師によって発見され、その人の名を付けた病気は40以上もある。発見の契機は臨床であり、それが基礎研究で、解明されたり、解明できなくて原因不明となったりする。臨床を志す方は、このような未知の症状を捕まえる気持ちで診察してもらいたいと願っている。

第三の、医学部で勉強した後の進路である。臨床については既に触れたが、基礎分野の研究は医療を支える土台である。人体の機能を解明する生理学、薬の働きなどの研究の薬理学、公衆を対象とした公衆衛生学など様々である。日本人でノーベル医学賞を受けたのは4人で、本庶先生、利根川先生、大隅先生、山中先生であるが、特に臨床に直結するのは、山中先生のｉＰＳ細胞である。ｉＰＳ細胞は人工多機能幹細胞のことである。色々な細胞の基になる細胞で、これを移植して、損傷した細胞、組織の再生に繋げる研究が進められている。今の課題は、新型コロナに国民が罹患して、死亡するケースが多いことである。感染予防の対策は国をあげての緊急な課題である。この克服には医学分野のすべてが関与している。コロナウィルスの正体を解明するためのウィルス学、ウィルスの構造や一本鎖ＤＮＡの変異しやすい機構の解明、公衆衛生学でのコロナウィルスの感染経路などである。世界的に蔓延しているウィルスの動き、クラスター、オーバーシュートなどはありふれた言葉として定着した。感染予防のための手洗い、アルコール消毒、マスク着用、他人との接触・接近を避けるための、料理店での客の間の透明な壁、いわば国全体での取り組みである。罹患者数の増加曲線は山型で示され、一時は減少しても、また増加し、これが繰り返されて、今は第８波が終わりかけているが、関係者は楽観していない。次の第９波が起こると予測している。病院はコロナ罹患者で症状のある方の治療の場である。死亡者もいる。患者は閉鎖病棟で管理される。院内には、手の消毒、発熱の確認で、入ることはできるが、患者との面会は禁止されている。発熱患者は発熱外来で、診察される。

いつかは、コロナが無くなるに近い状況となり、国民生活が正常化する時期が来ると思うが、公衆衛生的には、国民の協力に期待し、基礎研究での解明、臨床医の努力の、総合的取り組みが必要である。

がん、認知症などは大きな問題である。病院が逼迫する中、在宅医療が地域の医療を支えている。政府としては、地域包括支援センターに役割を期待する向きがある。このように、誰も、好んで病気になるのではない。高齢化社会となった今、病気は決してなくならない。

結論に入ろう。諸君が選んだ道は正しい。自分から努力して、勉強し、臨床では患者から学ぶことも多い。動機は何であっても、諸君は育つだろう。医学部の場はタテ社会である。しかし、先輩は後輩に伝えていかねばならない。また、進めている研究、患者に対する絶え間ない思索、その繰り返しである。厳しい道を選んだと理解してほしい。医療関係者間には壁を設けてはいけない。コ・メディカルとかパラメディカルの人との差別はない。大学教授でも研修医でも、医学を目指す者には、何の差別もない。情報の共有が大切である。目的は、病んだ人間の尊厳を損なうことなく、私は「愛」と言いたいが、その心で行う学問領域である。仕事を表す言葉に天職がある。医師の仕事はこれに相当するものであろう。尊敬する先輩は多い。是非、どなたかでも、その方の伝記などを読んで、生き方の参考にされたらいかがであろうか。

私の経験だけど、読影に通っていた所に近い横須賀市内に、すでに、社会福祉法人恵徳会の特別養護老人施設があり、次に新しく在宅医療分野を立ち上げたいということで、院長を募集していた。私は自宅からは遠いけれど、読影が済めば、お手伝いできるかも、と考えて応募したら、「お願いします」ということになり、施設長とともに、立ち上げの手続きや医員の確保などに奔走した。幸い立ち上がって、当初は私が院長になったが、現実には診療もできない。副院長としていた人に、一年足らずで、院長に就いてもらい、私は名誉院長となった。この特養を立ち上げた人は、この社会福祉法人の理念として、「命　人　心を大切にする」と部屋の壁に表示していた。私はある時から、幹部の朝の集まりで、手話を十分足らずの時間で披露した。初めにやったのはこの理念の手話表現であった。簡単な表現だが、職員には定着し、朝の集まりにはまずこれをやってから開始した。簡単な手話でも時間がたてば、入門レベルは終了できた。最後の手話ソングとして『四季の歌』を教え、これもすぐに定着した。「命　人　心」は最も大切なものである。創設者の理念は引き継がれていた。しばらく理事長の相談役を務めた。コロナで、面会が制限され、職員の異動も多く、経営は難しかった。この時期での相談役は大変である。いくつかの提案にも納得していた。今なら、職員と入居者の壁を取り除くためには、まず職員が入居者を信じることで、始めるべきとアドバイスするだろう。職員間も同様である。過去に在宅医療を立ち上げた時には、職員間での情報共有を最も大切なことと説明していた。

本日、新聞で紹介されていた記事で、心臓移植が必要な子がギリギリの時期に近づき、アメリカで移植するには3億円が必要であった。両親には自弁は無理であるから、募金活動をした。幸い、心を寄せた人々の寄付で目標に達し、手術を受けることができた。現在、元気になって、その子は小学校に通っている。心臓移植で幼児を救うことは、個人医療の極めつけともいえる。これを見れば、私のやっていたことなど些細である。医学を目指す君は、まず、「命　人　心」を最も大切に考え、それでもって進めてほしい。勿論、医療の領域だけではない。世界のすべての人へのメッセージでもある。医学の領域は広い。どの分野を選択されても、この言葉ですすめば、間違えることはない。意志に反して、医学の道に進めなくても、社会人として、この理念を身に付けてほしい。

もう一つ付け加えたいのは、最近の分子生物学の進展もあって、病気の原因の多くは、異常な蛋白質や分子の作用によるものであると言われている。病気の原因は何か、突き止められなければ正しい治療はできない。良く分からない患者に出会った時には、一度、何か未知の蛋白や分子が関係しているのではないかという疑問を持ってほしい。その疑問を基礎医学研究者に伝え、情報の共有で、思わぬ新天地が開かれる可能性がある。またｉＰＳ細胞の研究が臨床への応用に向かっている。遺伝子検査も含めて新しい医学を推進する立場の君たちは幸せな時代で活躍できる。

七、　大晦日──２０２２年

何とか今年も今日が大晦日、さて、今後はどうなるかな？　もう一日一日がどうなるか分からないので、その日が無事なら、それでよいということと思っている。

今年の途中まで、10年日記を書いてきた。今年で終わり。また10年日記にすれば、１００歳を超えるので、まず書ききれないだろう。それで止めた。

昨年暮れに懸案だった前立腺肥大でＰＳＡが10を超えていて、国立国際医療研究センターの泌尿器科の担当医はあまり問題にせず定期的に検査を繰り返すだけなので、高齢でもあるから、追究しない方針かと思ったけれど、ＭＲＩをやってもらった。やはり一部にがんの所見が明瞭なので、放射線治療を12月と1月一杯、単純分割で照射、終了時には著しくＰＳＡが低下し、その後の何回かの検査でも次第に低い数値となり、今度の1月10日に予約が入っている。体重が55～56kgとなり、前の52・5kgに戻したいのだけれど、まだできない。

日本放射線腫瘍学会に寄付、地域貢献賞を新設してもらった。10年はもつだろう。私たち数名が主導して立ち上げた学会だけど、すでに組織も十分になっているので、賞を新しく作るのは、それなりに努力がいる。これで満足である。広島での総会の時、特別感謝状をくれるというけれど、もう広島まで一泊で行く体力に自信がない。来年は横浜なので、その際に受け取るよう交渉した。

家族は安泰と言ってよいだろう。細かく言えばいくつかの希望はあるけど、言わないことにしている。何か言うとややこしくなる。

ここ数年コロナウィルスのパンデミックで世界が混乱している。日本でも何回もオーバーシュートがあり、今は第7波最中である。いつ収まるか予断を許さない。

安倍前総理が射殺され、旧統一教会がらみで色々と規制などを模索しているけれど、宗教法人への対応は難しいことである。

ロシアのウクライナ侵攻、人類の領土への強いこだわりは人類始まって以来、変わることはない。世界への影響はむしろ現在の世界の経済的連携に示されている。古代には、戦争が他国へ影響することは少なかった。今は違う。物価高騰、食料危機が世界へ広がり、生活不安となっている。

医学部同級生は親友たちが他界、とうとう15名ほどが生き残っているだけとなった。本はよく読むようになった。英、独語は原語で、少しは知っている仏・伊・中国語、そしてスペイン語と韓国語にも手を出し始めた。

手話はかなり長くなった。いくつかのサークル、2つの3人会で繋がっている。

補聴器を付けても、聞き取りは十分でない。本年暮れに、新しい補聴器を購入したが、前のものはオーバーホールしたが、まだ調整が済んでない。

私は93歳、妻は88歳である。誕生日はもうすぐなので、94歳と89歳になる。

親戚、姻戚への、余計な口出しは最も慎むことと心している。口をはさむとろくなことがない。もう仕事も殆ど無い。2か所を残すだけである。

八、求めない――2023年は？

1929年生まれ。先のことは全く分からない。

世界の温暖化は着実に進んでいる。ヒートアイランドになった。今年の夏も、思いやられる。私のPSAは一応低値だが、もし再燃するようなら別の治療法もある。自分の老化が忍びよってきている。これも「受け入れる」だけである。

基本的には「求めない、受け入れる」の老子の思想を述べた加島祥造に共感する。一方で、フランクルの「生きる意味としての、創造、体験、態度価値」にも共感する。「求めない」といって色々と捨て去っても、それでもまだ生命は続くので、いやでも必要なものもある。これを最小限とする。何か計画をしたり、働きかけることはない。

創造的なことはなくても、頭の中では回顧的内容ばかりであるので、その中から新しいことが生まれるとは思えない。しかしわずかな付き合いの中で、新しい体験はあり、それが心に響くということも多い。

多くのことは諦めている。諦めないものは何だろうか。態度価値といえるものについては、多分他人から働きかけられ、依頼があった際には、速やかに返答し、この年齢でも可能なものは引き受けることにしている。これも次第に難しくなっている。残された態度価値は「思索」であり、死の直前では、そのようにありたいものである。

地球を含む宇宙は永遠ではなく、いつか消滅する。長い時間の経過のほんの僅かな間、生きている、生かされている。世界で起こっている紛争、感染症などは、その中に組み込まれている。これは「受け入れる」だけである。いずれ消滅するが、また、別の形で起こるだろう。「求めない」生き方で過ごしていく。

2023年はどのようになるだろうか？

九、 94年の思索の旅

思索というと、何やら高尚なもののように思うけれど、簡単には「あること、問題などを論理的に考えること」という説明が一般的である。ものを考える身体の場所は、大脳の前頭葉にあり、記憶する、考える、などの高度な機能が集まっていると分かっている。考える機能は、かなり年齢の早い時期にスタートして、成長するに従って、より高度な機能に発達する。乳幼児期でも、母親の言うことや所作を模倣したり、憶測したりするが、これも同じものと考えて差し支えない。物事の判断、行動は思考の結果であるが、一般人では小学生くらいまでは、思索に関して、その材料となる事柄や、経験はあっても、これらをいわゆる思索というレベルに組み込むには、まだ幼稚である。天才的な人はこの時期に、思索を重ね、優れた業績に繋がるようなものに発展させている。こう考えると、私は凡人である。ここに書き綴ることのできるものは、何もない。しかし、この幼児期、学童期の経験の蓄積が将来の思考の基礎になっているかもしれないとの考えを否定するものではない。

やはり言えるのは、将来において思索の材料になったものは何かということを思い出すべきだろう。これは、小中学校までの教育内容、家庭環境、兄弟間の模倣と理解、子供の時からの友人との遊び、交流での経験の積み重ねである。卑近な例であるが、テレビドラマのモデルにもなった植物学者の牧野富太郎博士は、小児期から異常な植物への興味があり、生涯、思索を重ねて優れた業績をあげた。さかなクンも同じである。少年期のさかなへの興味が、思索対象となり、誰にも負けない知識を諧謔的に披露して、我々をテレビで楽しませてくれる。小児期に人生をかける、思考の対象を見つける人だけでない。少年、青年期の放蕩によって将来、その人が文士として優れた文学作品を生み出すような人は天才と言うべきで、自分の経験が思索の肥やしとなっている。

小児期の記憶で残っていることはいくつかある。最初の記憶は、おそらく2、3歳の頃、私が道の反対側に住んでいた小学校副校長の先生の家に遊びに行ったとき、玄関で転び、多分胸部をしたたかに打ったのだろう。しばらくは呼吸ができなくて苦労し、治ってからとことこと家に帰った。その時、泣いたかどうかの記憶はない。家はその後、近所に引っ越したが、当時は東京府荏原郡桐ケ谷という住所であった。今は表示が変わって、品川区である。さて、この家はすこしは広い感じがしたが、間取りなどの記憶はない。少し私も大きくなって、多分4~5歳くらいの時、家に新しい幻灯機があり、近所の子供が来て、何人かで見た記憶がある。家の台所付近の戸外に井戸があり、夏にはスイカを紐でくくって、中に落として、冷やして食べていた。当時の日本の国策は満州への進出であり、私も、何も分からないまま、世の中が変わっていきつつあるのは感じていた。満州事変は1931年、昭和6年である。私は、昭和4年、1929年生まれなので、2歳の時だが、おぼろげながら記憶がある。だがこれはもしかしたら、後年の知識だったのかもしれない。国連脱退は1933年、私が4歳のときだが、はっきりと覚えている。新聞報道は多分、親が教えてくれたと思うが、ラジオ放送で理解したのだろう。何かおかしな時代にあるということは、4歳でも分かった。

小学校入学は昭和10年である。学校は近くの第四日野小学校、当時の目蒲線、現在の東急多摩川線の不動前駅の近くである。そのときにはすでに引っ越していた。学校に通い出してすぐに、はしかに感染して、高熱で大きな部屋に寝かされていた。私は今でも思い出すが、天井が次第に遠ざかっていく。高熱による脳の変化である。この症状は高熱を原因とする症状であろうが、病名を何とつければよいか、調べても出てこない。はしかは一週間で治る。学校にまた通ったが、当時は皆マスクを使用していた。親の指示である。多分スペイン風邪は1918年から1920年までの世界的大流行であり、それからは少し時間が経っているが、その余波への警戒か、冬場の感染予防かのどちらかである。生徒全員が使っていた。小学校は1学年が4クラスに分かれ、1組は知り合いの近所の副校長先生が担当し6年の卒業まで変わらなかった。私は2組である。3、4組は女生徒のクラスである。後年クラス会が開かれたが、一人の女性が私の名前「すなおちゃん」と呼んで、懐かしく話し掛けてきた。幼児期に一緒に遊んだ記憶を持っていた。その人の家はちょっと行ったところの曲がり角の先にあり、表札を覚えている。近所の桜の木の下で、地面に落ちた花びらでレースを作り、首にかけて遊んでいたという話である。そういわれてみれば、おぼろげながら、思い出すことができた。この女性とは以後もなにかと親しく交流して、孔雀サボテンを送ってくれたり、その花が咲いたときには妻が写真を撮って送ったりしていた。私はすでに帝京大の教授であり、そこにも訪ねて来たり、なにかと交流があったが、最後は腰をいためて、外出もできなくて、と言う連絡があったが、その後の消息は分からない。

二・二六事件は小学校1年の冬であり、よく覚えている。都心で何が起こったのか、わたしは郊外なので、何の動きも経験もないが、その日は休校になり、目蒲線（現在東急電鉄）は止まっていた。電車が全く通らないので、線路の近くに行って線路内に入ったりして遊んだ。新聞やラジオで情報が入ったが、それを評価できる年齢ではなかった。比較的最近、三島由紀夫の『憂国』を読んだ。すでにこの事件の背景などはある程度、理解していたけれど、三島の『憂国』は、何と的外れな作品かと思い、途端に三島の作品が好きではなくなってしまった。この事件に参加できなかった将校が切腹、妻も自殺する内容で、どうしてこれが憂国なのか理解できなかった。この辺りから、学校教育も変わり、クラスの名を軍艦の名に変えたり、ボーイスカウトができたり、先生は日本が南方に攻め入って、石油を確保する意図の話をし、式のときには御真影の前の校長に知り合いの副校長が恭しく教育勅語の筒を捧げてきて、校長が開いて、教育勅語を読み上げていた。私どもは起立したままである。

家の外では朝方、納豆売りが「なっとう、なっとう」と声を出し、豆腐屋が「とうふー、とうふー」と売り歩いた。線路の向こうには葬儀場、当時は焼き場といっていた。時折、煙の臭いが漂っていた。

私の遊び場は目黒不動や、近所の野原だった。また家の前の路地に子供が集まって、遊んでいた。石けり、鬼ごっこ、地面に輪を描いてチョン、チョンと飛んで遊ぶ。

言葉遊びでは「泡立った、煮え立った、煮えたかどうかたべてみよ、まだ煮えない」などを覚えている。夏場は家の前に縁台を出して座り、満天の星がぐっと近づいて来て私を包み込むような感じだった。天の川もきれいに見えた。季節ごとの遊びも欠かすことはなかった。ひな祭りでのひな段、端午の節句、七夕。冬には雪だるま。大晦日の大掃除では、どの家からも、汚いものが出てきていた。正月の祝いも欠かさない。2階の広い部屋に、長い食卓ができ、なにしろ一家は11人なので、全員が座って屠蘇を飲んで、新年の挨拶を交わした。普段は無かった正月の御馳走が並び、一人ずつ鯛が載っていた。お雑煮を食べ過ぎたこともある。また、怖い鬼の頭を被った人が来て、その口の中に頭を入れて噛んでもらった。クリスマスには必ず枕元に贈り物があり目を覚まして、開けて遊んだ。2月には甘茶を飲みに近所の商店街に行った。この味は忘れない。節分の豆まきも年中行事である。私の家はそう裕福ではなく、でも貧乏ではなかった。普通の家庭である。父は特に学歴があるわけでもなく、普通のサラリーマンである。母も同じで、家の仕事で、9人を育て、毎日が、掃除、洗濯、食事の用意に明け暮れていた。手のひらには洗濯でしこりができていた。父は帝国ホテルに勤めた時期がある。勉強好きだったようで、英語による外国人の応対も仕事の一部だったようだ。帰りの時間は大体決まっている。私と妹の何人かは、不動前駅で待っていた。何台か通り過ぎたあとには、出てきて、こちらの頭を撫ぜ、ポケットから何かお土産を貰うのが常だった。子供が多く、一人ひとりに布団の用意はできないので、部屋いっぱいに敷いて、自分の寝床を確保した。ある晩、ふと目覚めたら、円形の食卓で父がゆっくりとお酒を飲み、母は向かい合わせに座っていた。父は何人子供がいてもいいよ、と言っていた。こんな子供時代を過ごしたのである。

次兄は旧制中学卒業後、大手のメーカーに勤めていた。頭の良い人だったが、間もなく結核になり、いつの間にか房総地方の結核サナトリウムに入院した。父と一緒にお見舞いに行ったこともある。父は結核の感染に無知であった。子供を連れていくなどとんでもないことだと知らなかった。後年、兄は自宅へ戻りたいという希望が強く、連れて帰るのに、父はやせ細った兄を背中に背負って、長い距離を電車で乗り継いだが、途中で乗り換えのときは休んだのだろう。兄は自力ではすでに歩けなかった。私もまだ子供で手伝いしようもなかった。

兄は帰宅後、少しは元気をとり戻したようで、少し歩けるようになった。そのうち、発声に異常を感じたのか、五反田までバスで行って耳鼻科の診察を受けた。その際には、心配だから、と母親に言われて、私が付き添って行った。結果は喉頭結核である。誰も病名を口に出すことはなかった。皆、病名には無知である。ひどい感染症への理解もなかった。私は後年、医師になって、当時の状況を分析できる。喉頭結核の患者に子供が付き添って行くなどは、今では考えられないことである。

兄は昭和17年に他界した。それまで下顎呼吸をしていたが、おそらく、この期間に大量の結核菌をばら撒いたのであろう。他界した月の終わりには、私は胸膜炎となり、妹の一人は頑固な気管支炎となった。これも結核菌が原因である。兄三人のうち、一人は結核が症状に出て、病臥することになった。妹三人のうち、二人は無事だった。兄二人も何の症状も無かった。この違いはなんで起こったのか、今でも私には分からない。

結果として、2階の部屋には私と兄が病床を並べる始末となったのである。元気な兄弟の思いを聞いたことはなかったが、多分、心配していながらも、何も口にしなかったのであろう。色々厳しい状況は分かっていたはずである。

私は中学2年の夏休み中であり、近医に通っていた。医師は初めの時、診断できなかった。私は、呼吸をすると右胸に痛みがあり、何か雑音が擦れるように聞こえ、寝ているときに痛みで起き、トイレに行くときにも、痛みが強かったりしているので、異常があるのは分かっていた。発熱もあった。しかし医師はなかなか気付かなかった。ある時の診察で、念を入れての聴診で、やっと雑音が分かり、これは大変だということが分かったのだろう。医師の指示は絶対安静である。これは10ヶ月に及んだ。

結核性であり、また戦争中であったので、物資が十分には入手できず、医師の指示は、ただ寝ているだけだった。布団の上で10ヶ月間の絶対安静をした。病状は間もなく好転したが、やることがない。ただ、家には兄たちの中学校の教科書がすべてあり、また日本古典文学全集があった。教科書はすべて理解した。英文も5年生レベルが分かった。

他の科も同じで、私は2年生だけれど、教科書的には5年卒業と同じレベルになった。ただ、教科書は先生がそれを使って内容を広げるもの、自分で読むだけでは十分とは言えないことは自覚していた。しかし、この知識は後年役に立った。

読む本は沢山ある。まだ少年期だが、児童文庫や小学生全集とかの易しいものから、難しいものまで、手当たり次第に読んだ。胸膜炎も症状は徐々に落ち着き、発熱もなくなったが、医師の許可は出ない。私は本を読み、瞑想、腹式呼吸などを行った。

日本古典文学全集は、次々に読み進めた。古文であり、分からないことも多かったが、何回も読むうちに理解できたし面白い内容だった。ただ『源氏物語』はどうしても読み続けられなかった。部分的には理解していたけど、通しての理解はできなかった。ほぼ100冊はあったと思う。他に漢籍が多くあり、論語、孟子はいつも布団の横、手の届く位置にあり、繰り返して読み、白文でもあまり問題なく理解できた。この期間の経験は間違いなしに、それからの私の思索の材料になっている。

また、この時期に、私は医学へ進むことを決めた。病人は弱く、不自由である。このような人は沢山いる。その人を助けたい。私のこのような病気を治すために、先生は苦労されている。治ったら、その仕事に就きたい、との考えである。方向としては臨床医志向である。

多くの本を読んだにもかかわらず、その中から、将来、研究の種になるようなものは見つからなかった。単に、医学へ進むと決めたのは、その理由でない。結局、私は馬鹿なのである。養老先生は『バカの壁』で、「ばかとは、人間がなにかを理解しようとする際、これ以上は理解できないという壁を意味している」と言われている。私にはこれ以上は理解できない限界が分かっていた。その壁を破る一つの方法は、学校での教科書以外の学習や、友だちとの交流である。

10ヶ月の絶対安静から、起きても良いという許可が出たのは翌年の夏ごろ、昭和18年であった。初めて起き上がった時のことは忘れない。やっと布団に座って、暫くはそのまま、怖くて、動き出せない。まず、立ち上がることができなかった。2階に寝ていたので、家族が上がってくるのは、食事を運ぶ時、便の始末をするときくらいだった。父親は時々来て、布団の横に座ってじっとしていた。私もあまり話すほうではないけれど、何やら、ぼそぼそと話した記憶がある。内容は子供の発想に過ぎないことなのだが、父親は「ウン、ウン」と言うだけで会話というものではなかった。私はいざりながら、階段を下りた。下の部屋には母や妹3人がいた。皆言葉もなく、でもにこにこしていた。これを契機として、私は動く回数が増え、次第に歩き出した。当時の食料不足もあり、長期の寝たままの生活もある。私はやせこけていた。少し動けるようになって、外出することも多くなってきた。遠方はまだ無理で、近所をうろつくだけ。戦時中でもあり、人影も少なかった。近所にいくつかの古本屋があり、私が手にするのは、なにか哲学的な内容の本ばかりだった。理解できていたわけではない。その雰囲気が魅力的だった。そんな本を買うわけでもなく、中を少し眺めて、棚に戻した。家に帰って、安岡正篤の東洋思想研究のパンフレットを熟読した。この方がはるかに心に響き、安岡氏の思想の基本となる孔子の論語や孟子が面白かった。随分後のことになるが、結婚した妻は国文学の専攻で、いつの間にか日本文学全集が揃っていて、私は時に、引っ張り出して読むことがあったが、どれも内容が分からず、今から考えると私は幼稚で、日本の作家の優れた文章を集めたものに私は一向に理解も興味も湧かなかった。内容が理解できないのである。登場人物の心や所作が理解できず、作者の意図するところや、またこれらの作品が、作者の深淵な思索の結果であることなどには思い至らなかった。

退学して2年後、元の中学校に戻ることになった。2年遅れであり、昔の同級生は1人もいなかった。あとで聴けば、皆、勤労動員で学校には来ていなかったのである。授業を受けた。どの教科も進行が遅れていた。英語の授業に私が持って行った教科書は、その時に使っていたものより1年上のものだった。それが不思議で、後ろを振り返って確認しようとしたら、いきなり、先生に殴られた。後ろの席の生徒が使っていたのは、

1年生用で、私のは2年生用だったのである。2年に編入したのだから、2年生用の教科書を持っていくのは私には当然なのだが、授業が遅れてまだ1年生用が済んでいなかったのである。私は5年生用の教科書も簡単に理解できる。どの教科も同じようなもの、先生にはやる気も覇気も感じられなかった。元の同級生は一人もいない。私は、途端に学校に来るのが嫌になった。

昭和19年である。そろそろ、周りも防空訓練などが始まっていた。しかしまだ、周囲にはそんなに変わったことはなかった。お米の配給切符はすでに使われていた。私でも時局が悪い方向に向かっていることは理解できた。自分は学校へ行きたくない。すぐ退学届を出してくれた。それを機会に疎開を提案した。幸い、父が所有する家が出身地の岡山県勝間田にあった。高齢の祖母一人、近所に住む父の二人の姉が交互に面倒を見ていた。両親は私の提案を受け入れてくれた。母は三人の子供の転校願いなどを済ませ、移転の手続きなど済ませて、みんなの行先は決まった。

周囲の家にはまだそんな動きはなかった。私はどこにも挨拶せずに、勝間田に向かったが、母は近所への挨拶回りをした。どこの家もまだ疎開など考えてはいなかった。

勝間田の家は旧出雲街道沿いにあった。すぐ先には小さな川があり、その先には柄川家の墓がある。そう広くない場所に墓地があり、墓石には、読み取りにくくなっているものが多いが、中には尼子家家臣と書かれたものもある。私は専ら、体を動かして、体力をつける方向の考えで動いた。雑用も引き受け、五衛門風呂の火口に薪を入れ、火をつけ、湯加減を見た。こんなことで、時間を潰し、なにか物を考えることからは遠ざかった。

時局は次第に悪い方向に向かっていった。母親がいない寂しさもあった。東京に残っていた兄たちは次々に勝間田に合流し始めた。長兄は勝間田農林中学の教師になり、他の兄たちも仕事を探して就職した。月日が経って、秋口、年末近くになると、類焼防止のため、強制疎開で東京の家は壊すことになった。一人残った父は家を片付け、家財は近くの林業試験所の倉庫に預けた。勤務していた林業の団体は解散した。その後の大空襲ですべて燃えて倉庫も含め何もなくなった。父が解散で手にした大金を持って帰省したが、戦後の預金封鎖、インフレなどで、この金は全く役立たなかった。

こんな状況では、何か問題点を取り上げて思索するような状況は生まれてこないだろう。妹たちは早々と東京の言葉から、地元の岡山弁に変わった。学校から毛虱を貰ってきて、家中が虱だらけとなった。食物に乏しく、私がおかゆにして出すと、妹たちは嫌がって、早々に寝てしまった。かわいそうなことの連続、よく生き延びたものである。父は長年不在で、友人もなかった。私が胸膜炎になったのは、死の直前まで家にいた結核の兄の死と関係があるが、父とすれば、子供の死、食物不足、好きな酒が手に入らない、家の最終始末などで、勝間田に戻ったときには、意欲が弱っていた。

このような私に思いも掛けぬ機会が訪れた。勝間田農林の教師の兄が、勤労動員で、生徒たちが玉野市宇野にある飼料会社へ行き、その付き添いで、一緒に行ったのである。飼料会社の支配人に、動員中の在り方、仕事などを相談したのは当然である。支配人は前に韓国で、正確には知らないが、どこかの学校の校長だった。兄とは理解し合う心があったようだ。兄は元気を取り戻した私のことを支配人に相談したようだ。結果として、私はその会社に勤めることになった。母は、二回分の弁当を作ってくれた。勝間田駅から宇野駅までには津山と岡山での乗り換えがある。当時は2時間はかかった。会社は築港という場所にあり、運河で飼料の原料の受取や搬出が行われていた。麻袋に入った原料を担いで運んだ。この作業には何人もおり、たくましい人々だった。私は事務所で何か仕事をしていた。食事が変わって、おならが多くなり、これを音を出さずにするのを若い女性職員たちは知っていて、クスクス笑っていた。男性職員は10人以下だったが、本社は愛知県半田にあり、そこから派遣された人もいた。私は最年少だが、若い職員でも2、3歳上の人々だった。若い人たちは、事務所の後ろの居室で寝泊まりしていた。私はその仲間となったのである。環境や食事も変わり、早々と黄疸が出てきた。これは

A型肝炎で、安静を必要とするが、若さのせいで、いい加減な安静であった。支配人は先生と呼ばれており、職員は皆尊敬していた。私は学校に戻りたい一心である。事務所でも、また夜間でも点灯している場所を見つけて、勉強ばかりしていた。2ヶ月後には、現場に出ることになった。この会社は混合飼料を作るのが中心で、飼育動物によって配合が変わる。その他、製粉、製麺が行われていた。私は製粉工場へ行かされたが、怖いおじさん一人でやっていた。数十の製粉機を一つのモーターで動かす。これを始動したり、製粉のでき具合で、ふすまを混ぜたりするのは、おじさんの役目で、私はできた粉を袋に詰め、それを担いで、積み重ねた。かなりの労働である。飼料会社なので、食べるものは十分あり、麦の多いご飯だったが、十分な食事と労働のおかげで私はどんどん健康になった。そして、仕事が済めばすぐに勉強を始め、遅くまでやっていた。私の性格はこの時に形成されたものである。言われたことは否応なしに、すぐ始めること、勉強すること、これは思索である。支配人の元校長先生は生徒の評価ができる。すぐに、私はこの会社にいるべきでない、という評価を下した。しかし放り出すようなことはなかった。

間もなく、教え子が近くの中学の先生になっていて、その人に依頼して、勉強することになった。先生が選んだのは、アメリカ、ワシントン・アービング著の『リップ ヴァ

ン ウィンクル』の原書であった。これを私が日本語に翻訳して読み、先生が直してくれた。当時の私にはこの程度の原著を読む能力は付いていた。先生は驚いた様子も見せず、淡々として付き合ってくれた。後で知ったが、先生は東大出身で、東大構内の東洋文化研究所におられた人だった。先生は後年、岡山市の高校の校長になり、また新設の高校の初代校長、また、県の教育長になられている。でも英文小説を読んでいるとき、当時読まれていたリーダーズ・ダイジェストの本を先生は、「読書人の消化」と言って教えてくれたが、その時、先生にも知らないことがあるのだなと思った。何のことはない、社会、経済、文化などの多方面にわたるが、本や雑誌などの要約であることは知っていた。

支配人である先生は時々、私に倫理学の内容や、時間と年齢の関係、空間の広がり方などを、易しく比喩的に話してくれた。こんな話を真剣に聞く人など、私しかいない。この時期はかなりの肉体労働の合間に、私が思索できた貴重な時間だった。先生の家で進めたが、先生夫人も先生のお母様も愛情あふれた眼差しで私を温かく見つめてくれた。

私は終戦をここで、知った。その前に四国の高松市が爆撃で炎上するのが、対岸の宇野ではっきり見えた。もう終戦が近いということは誰もが知っていたので、事務員もそわそわして、辞めた人もいる。終戦の日はきれいに晴れあがった暑い日だった。ラジオを聞いた。雑音が多くてよく聞き取れなかったが、部分的な内容は分かり、戦争が終わったことはすぐに理解できた。

戦後この会社は接収されずに済んだが、進駐軍が時々来ていた。みんな遊びである。時に英語で話しかけると、通じることもあった。会社の様子もかなり変わってきた。配合飼料の他に製粉、製麺がある。どちらも食品であり、周りからは羨望の眼差しを向けられていた。職員社宅の御婦人も良質な小麦粉が欲しくて、私が頼まれて、持ち出して差し上げたこともある。品質はあまり良くなかったが、クッキーを作っていた。近所の人もそれが欲しく、私も差し上げたことがある。でもこんなことは私の好みでもないし、すぐ止めた。

戦後のシステムが変わった中に、以前は灘生協と言っていた生活協同組合の組織が各地で立ち上がり、岡山県では勤労者消費組合の組織ができ、宇野支部が会社の中に置かれた。私がその担当者になった。生活に必要な品を仕入れて、組合員の希望者に利潤なしに売るので、インフレ時代にはそれなりの役割があった。この仕事は私に一任されていた。本部は岡山市にあり、小さな貨物車に同乗して物品受取に行った。この仕事は翌年12月まで、私が担当していたが、この間に元校長先生だった支配人は、私がもっと勉強できる機会を持つためには、岡山市へ移るのが良いと考えて、本部と話し合ってくれたようだ。それが決まって、いよいよこの会社ともお別れの時期が来た。岡山に行く汽車に乗って外を見ていたら、以前会社にいた女性職員3人が、線路脇で、手を振っていた。みんな若い女性だがすでに退職していたにもかかわらず、私が乗る汽車の時刻まで知って、三人も揃っている。情報のやりとりがあったのだろう。また、子供の私への励ましでもあったのだろう。嬉しいことだった。会社では、私を別世界の子供として、相手にしてくれなかった女性もいた。どんなことがあってもじゅんちゃんとは結婚しないね、と言うのである。

岡山市にはまだ戦争の傷跡が残っていた。空襲で広い範囲が焼けて、まだ荒地が多かった。本部は個人宅にあり、近くに天満屋がある。本部の近くに荷扱所があって、私はそこの同居人になった。目の前は元小学校の焼け跡で、まだ復興していなかった。私が初めにやったのは、学校に戻ることで、すでに調べてあった烏城中学という夜間中学で、先生に会ってお願いした。なんと、先生は快諾して、3年生に編入してくれた。12月である。このような変則的なことができたのは、時代と、生徒数が少ないことが理由かもしれない。そんなことはどうでもいい、私は学校に戻ったのである。学校は岡山城が空襲で焼け落ちた場所にあり、そこには岡山では中学校のトップとされている岡山一中（現朝日高校）が建っており、その夜間部であった。先生の多くは岡山一中の先生が掛け持っていた。担任の先生は早稲田大学高等師範部出身の国語の先生だった。同級生はわずか5名、焼け落ちた岡山城に住み込んでいる人もいた。みんな変わり者であり、勉強する意欲はあったが、休むことも多く、昼間は仕事しているのでそれは仕方ないことだった。私はとにかく、真剣に勉強した。これで私も再生への道がやっと見つかったのである。内容は関係のないことだった。先生の心を知りたかった。それが私の望みであり、そこから、今まで教科書から得た知識が生きてくると信じていた。昼間の仕事の合間にさらに勉強の内容を増やし、思考すること以外に余念はなかった。ある雪の夜に学校に来たのは私一人だったが、先生は授業をしてくれた。このようにして過ごしたのである。翌年には専験（専門学校入学者資格検定試験）に合格した。それで、私は旧制高校を受験する中学卒業と同等の資格を得た。戦後であり、専検の科目数は少なかったし、そんなに難しくもなかった。その年、昭和22年の2学期に昼間部の岡山一中に編入した。編入試験は易しかった。漢文など、その担当の先生が、どうだったかと聞いてきたので、先生、これは孟子のどこどこの章からですね、と返事をしたら、先生は一言も返す言葉もなく、呆気にとられていた。

岡山一中には、2学期と3学期しかいなかった。担当は物理の先生、夜間中学で教わった内容と同じだが、夜間の方が良い教え方だった。僅かの二学期だけでは友人もできようがない。それでも少しは交流があった同級生が後に同じ旧制六高の文科に進んだ。私は理科に合格した。医者志望は理科である。

旧制六高は、以前のような、バンカラな学生はいなかった。当時はそんな気風では無くなっており、若さの牙が抜かれたようだった。それでも各サークルはそれなりに活動していた。私は科学会に所属した。至極真面目な選択だが、中心に居たのは有機化学の教授だった。皆その先生の人柄を慕って入ったのである。先生は集まりの時は、いつも笑顔でみんなの話に耳を傾け、特にお説教などもなく、普段の科学の活動にも参加されなかった。でも記念祭ではみんなで先生の大きな顔を作って持って回った。六高は戦災で焼かれ、先生は残った倉庫で暮らしていた。生徒は将来の岡山大学になる所で勉強していた。多分、焼け残った兵舎の広い部屋で、多数の学生の教育をしていた。英語、ドイツ語もレベルが高かった。理系なので、物理、化学、生物などが学問として進められた。科学会は時々小旅行をした。記憶に残るのは小豆島の寒霞渓だが、ここは宇野の会社にいた時、一度行ったことがあった。どのように過ごしたか、思い出は確かでないが、山岡教授の友人宅に泊った。この人はクリスチャンだった。皆が集まった時に、たまたまこの人の腕に蚊が止まり、この人はそれをピシャリとたたいた。会員の一人が、「クリスチャンでも生き物を殺すのですか?」と質問したが、この人はニコニコするだけだった。

私は岡山大学の医学進学コースであった。当時の時代でも、それなりの業績によって、教授、助教授が決められていた。教授のなかで親しくして頂いたのは、生物学の川口教授、温厚で小柄な教授だった。官舎に住んでおられたので、訪ねる機会もあった。ご夫人は温厚な容貌で、一見して、優しい人柄で知的能力の高い人と分かった。私は教授よりも、もっとしばしばご夫人に会い、なにくれとなく相談していた。たまたま小学生の息子さんに出会った。夫人は「この子は勉強が好きで」とおっしゃっていた。生物学教室にも出入りした。ちょうど電子顕微鏡を入手して、教授はそれに夢中だったようだ。後で知ったのだが、教授は東大出身で、台北帝大の助教授の後、戦争で帰国された。教授の専門は海洋生物で、サンゴなども対象であった。ご夫人の父君は台湾米改良での功績で、終戦後も台湾政府に懇願され暫くの期間は台湾に残ったとのことだった。教授のご子息の川口昭彦君は、岡山大学を卒業し、京大大学院を終え、東大に勤務された。東京に来て間もなく、すでに東大にいた私を訪ねてきた。それ以来、何かと付き合いがあった。結婚のお相手の母上と川口君の母上は同級で、その娘さんは東京芸大出身の人だった。この方を通じて、幾つかの世話を頂いた。また、後年の東大時代に、暫く横浜市に住んだが、ここには妻の親戚に台湾に住んでいた人がいて、その中に教授夫人の女学校の同級生だった人がいた。私が教授夫人と知り合っていることを不思議がっていた。東大に職を得た川口君は、その能力と人柄で、いつの間にか、東大教養学部の教授になった。かなり長い間、ご無沙汰していたが、最近は繋がるようになった。が、まだ会えていない。

話を戻すが東京へ戻ることを医学部卒業までは諦めた私は、医学部進学課程や医学部に入学して、少しずつ友人も増えてきた。医学部に入る前の1年間は、門田の操山寮で過ごした。キリスト教関係のもので、皆さん慎ましく生活していた。皆岡山大の学生である。月に一回は山岡教授と山陽高女の校長さんとともに食事会があった。私はキリスト教に興味を持ち、近くの教会に通った。特にキリスト教を知っていたわけでもない。牧師は中年で、理論派だった。毎週開かれる礼拝の準備などを手伝っているうちに、子供たちの日曜学校の先生をやることになった。キリスト教をろくに理解していないのに、よく引き受けたものだ。簡単な話をして、最後に讃美歌を歌った。まだ学齢期にも達していない幼い子供が私の口元を見て、真似して歌っていた。そのときに、これはいけない、ろくに何も知らないのに、子供が私の真似をするなんて、とんでもないことだ、と思ってすぐに日曜学校の先生を辞めた。同時に教会への足は遠のいていった。未だに私は、キリスト教が分からない。聖書を読んでもさっぱり分からないままだ。でもキリスト教の根本にある言葉は「愛」ということは心に刻みついた。

医学部に入って、最初の講義は解剖学である。教授は初めの時間にエスペラント語を教えた。次の時間からは、たて板に水を流す譬えのように、人体解剖をラテン語の多い表現で進めた。人体組織の多くはラテン語で命名されているのである。これは医学の基本であった。人体解剖は時間をかけて、上半身、下半身を3人で受け持った。所見をスケッチし、先生の検閲がその都度おこなわれた。基礎医学の講義が2年間、臨床講義が2年間である。皆初めてのこと、いずれも新しい講義や実習であった。この間の思い出は深い。基礎医学での免疫学が、鍵と鍵穴の譬えで説明されただけだった。臨床医学はこんなことは無いが、そんなには魅力的ではなかった。当時の最先端の講義であったが、私には心に響くものがなかった。また、ある内科の教授は臨床講義で、どうせ君たちは開業医になるのだから、といった。これは心にかちんと来た。この教授は私共を馬鹿にしている。だからレベルを下げて、いい加減な講義をしているのだろう。絶対、私はこの科を選ばないと思った。臨床の各科を回って、好きになった科はなかった、放射線科が最後に残った。診断の初歩だったが助教授が講義していた。私は何となしにレントゲンが発見したX線による放射線医学の将来性を感じていた。また私は物理的な内容が好きだった。

生活費はアルバイトと奨学金、友人の父の紹介である病院長が10名くらいに奨学金を出していた。月一回はみんなで食事をした。院長も一緒である。生活費はそれでも十分ではなかった。事務所の窓口で、授業料免除を申請した。どんな審査か知る由もないが、私は4年間のうち、2回は授業料が免除された。生活困窮だけの理由では無理だろう、それなりに成績が考慮されたのであろう。

学生時代に親しくした友人は3人いた。M君は大柄でおっとりした人、S君は小柄だが、鋭い観察力があり、理論的な発言をする人だった。利害がはっきりしていた。K君は大柄でおっとりしていた。私は、インターンの時、しばしばM君の実家を訪れた。家族とも親しくなったが、皆深入りすることはなかった。お父様の医学部教授も時々帰ってきて、ゆっくりしていた。S君は、何故か私と親しくなって、時折、自宅へ連れていってくれた。家族とも親しくなった。K君とは最も親しくした。ご両親や兄弟にもたまに会った。また、メインの商店で、人柄のよい夫人が歓迎してくれて、3人は時々、講義をさぼって、麻雀などをした。そのうち、そこの長男の高校生の家庭教師を依頼され、長年、務めたが、その息子は後に東京の某大学へ進んだ。以後の連絡も途絶えることなく、さらに、その息子が放射線技師になってからは親密さが増した。息子は親と違って、やる気満々、はりきっていた。

家庭教師をしたO君は後に夫人と一緒に私の家を訪ねてきた。岡山から遥々と。懐かしかったのであろう。

学生時代に大山の登山をグループでやった。登山は初めての経験である。厳しいことがよく分かった。夏には瀬戸内海の本島で、関西の高校の付き添い医をやった。本島には岡山大の施設があり医師が常駐しているので、何かあれば、依頼することもできた。生徒はまずまずだったが、先生が発熱したりした。また、島民がイレウスになり、どうにも処置できないので、周りの人が船を用意して、手術のできる病院まで連れていった。島民の生徒が東京工大に合格したのを後で聞いたが、東京で交流するまでには発展しなかった。

K君の家には頻繁に訪れた。かなり広い土地、建物で戦災の被害を受けていなくて貴重である。前には会陽《えよう》で有名な西大寺方面への峠の道を造るために地所を半分にしたようである。雑談、お茶などで時間を過ごし、たまに弟が顔を見せ、雑談に参加した。従妹の早稲田に行っている子はちょっと面白いね、などと言っていたが、まさか将来、私の妻になることなど、想像もできなかった。

岡山大学医学部も卒業である。後楽園で卒業の締めの会を開いた。既に、東京の阿佐ヶ谷の河北病院でインターンをすることが決まっていた。同級生2人も一緒である。

決めた理由は院内に狭いながらも寝床があり、食事が自由であったからである。早々に荷物を纏めて上京した。やっと宿願の一つが叶ったのである。インターンはそれほど面白くもなく、臨床の各科を回ったけれど、当時の医療のレベルを今と比較するのは酷であるが、私はいい加減に済ませていた。一番困ったのは、アルバイトができず、奨学金もなくなって、収入が全くなくなった。寝食は保証されていたが、岡山時代に少々蓄えたお金も無くなりかけた。こんなときに、父の死で帰省したり、岡山市で私を受け入れ一応勤務であったが、食事、寝床を提供してくれた元本部長の娘が、友人がお金をなくして困っているので、貸してほしいと言ってきた。私は、怪訝に思ったが何も言わずに、求められた金額を送金した。河北病院は上野原に分院があり、1週間はそこに行くこともインターンの仕事だった。その時に、K君の弟と、早稲田大の従妹、その姉と一緒に、高尾山で逢った。この女性、早稲田大の人は将来の私の妻であり、姉は妹の親代わり的で、私の一家とはとても近い関係となることなど、知る由もなかった。

夏は纏まった時間が自由であった。私は海上保安庁の気象観測船に船医として乗った。竹芝桟橋から出航したが、小型の船で、気象庁の人は毎日観測のためのゴム気球を打ち上げていた。そう患者がいるわけでもない。船は四国沖はるかに南の定点観測に向かっている。海は平穏だったり、荒れたりする。その時の食事では食卓の上のものが、行ったり来たりする。タイミングを見て、必要なものを取った。あるときには、しいらの群れに出会って、船員は釣り竿を出して釣りに掛かった。私には許可してくれなかった。ドクターは引っ張られて海に落ちるから、ということである。その日はしいらの刺身が食卓に上った。台風が来た。観測船は台風の中心に向かって移動し始めた。波は船の上を越えるように高く、次の瞬間には波底にいた。

夏も過ぎ、相変わらずの貧乏インターンは、たまたま、蒲田駅より先の鵜の木駅に近い小児科医院で、夜間当直を住み込みでやる仕事を見つけた。早速、引っ越して、昼間は河北病院へ通い、あとは医院に戻って、要望があれば、看護婦の車に乗って往診に出かけた。あまり問題となることはなかったが、ある時小児の往診で、普通の風邪として処理したが、大しくじりであった。子供の顔色は異常に黒ずんでいた。それに、注射する時に泣いたりしなかった。ここで気づくべきだった。そして入院をまず勧めるべきだった。この子は後に肺炎で亡くなった。きっと私以後も、他の医師にかかったと思うが、手遅れだった。小児科の診察は難しい。

インターンも終わりに近づき、進路を決める時期になった。たまたま、岡山で奨学金を貰った院長から手紙が来て、岡山に戻って岡山大の放射線科に入らないかという内容であった。この先生は後ほど、医科大学を設立したが、その際の放射線科の担当候補に私を考えたのであろう。設立場所は倉敷で、院長も岡山医大の卒業である。私は考慮したが、やはり、東京で勉強したかった。結論は、その手紙の誘いは辞退して、東大大学院に入る道を選んだ。

試験は3月で、筆記試験で、英語、ドイツ語の文章の翻訳、翌日が面接であった。この1年間は英語やドイツ語を学ぶ機会はなかったが、忘れている訳でもない。2、3の分からない言葉もあったが、概ね合格点には達していると思った。面接も丁寧なもので、2人の試験官も感触はよかったと思った。そして合格した。この時点で、長年の目標は達せられたのである。16歳で独立し、多くの人の理解と補助があってこそであり、すべての人に感謝を捧げた。いつまでも小児科医院にいられない。東大の近所に下宿を探した。大学院では、奨学金を申請した。大学、病院からの奨学金は返さねばならない。相変わらず、貧乏だった。徐々に形ができてきた頃、岡山の新聞に名前が出たようで、何人かの女性が訪ねて来た。女性たちはあるいはボーイフレンドにするつもりだったようだが、私を見て、すぐ諦めた。そのかわり、理由をつけて、いくばくかのお金も要求した、この貧乏な私に。

私はその場で与えられたことには、自分の利害などを考えることもなく即断した。勿論、善悪はこの即断に加わっており、悪を選ぶことはなかった。これは私の人生が、即断しなければ生きていけないことの連続だったことで私の性格に加わってきたものである。フランクルがアウシュビッツから解放され、その体験から価値論に加えた、創造価値、体験価値、態度価値は、現役時代、定年後の私の在り様が小児時代から変わりなく、それぞれの価値論はすべて適用できるが、最近は高齢になり、コロナが加わって、何もしない時間が増え、病臥の時の瞑想の習慣に戻ったように態度価値のみとなった今は、より深い思索がしたいという気持ちが私の態度価値といえるだろう。また、この期間に多くの小説を読んだ。英・独語で読めるものは、できるだけ、原著を入手した。日本の作家が小説を書いた意図、心情も少しは、理解できるようになった。その中で、太宰治の作品は私の心を掴み、こちらの精神を狂わせた。妻が多くの小説を真剣に、時間に関係なく読み続ける私を、心配していた。少々時間はかかったが、私の精神は正常に戻った。小説にはこんな力があることを初めて知った。そしてその中から、「壁」と言う言葉に惹かれ、これの考察を試みた。今は瞑想を交えながら、思索の旅を続け、今までに書いたいくつかを纏めている。そして94年の思索の旅は、できるだけ難しい問題をいくつか設定して、その考察で続けられるだろう。

著者紹介

柄川 順（エガワ スナオ）

１９２９年　東京生まれ
１９５５年　岡山大学医学部卒業
１９５６年　東京大学大学院入学　放射線医学専攻
１９６０年　修了　医学博士　東京大学助手
１９６１年　文部省派遣　米国ロチェスター大学研究員
１９６３年　帰国　国立がんセンター病院放射線部に出向
１９６７年　東京大学講師
１９７１年　帝京大学放射線医学教室主任教授、放射線部長
１９８４年　国立がんセンター病院放射線治療部長
１９９４年　同上定年退職　東健メディカルクリニック（赤坂）所長　東洋病院副院長
２００１年　退職
以後　検診機関で人間ドック、巡回検診、読影、結果報告などに従事
湘南健康管理センター（追浜）前顧問
恵徳会（社会福祉法人）前理事、前相談役
現　在宅医療クリニック名誉院長、産業医

過去の実績

政府審議会委員多数、学会名誉会員（米国を含む）多数、医師国家試験委員、放射線技師国家試験委員

賞

日本医師会最高優功賞、板橋区区政功績感謝状受賞、日本対がん協会感謝状

その他：1988年　日本放射線腫瘍学会　設立、2021年　地域貢献賞　創設

壁《かべ》
~94年《ねん》の思索《しさく》の旅《たび》~

2023年12月15日　第1刷発行

著　者　　柄川順
発行人　　久保田貴幸

発行元　　株式会社 幻冬舎メディアコンサルティング
〒151-0051　東京都渋谷区千駄ヶ谷4-9-7
電話　03-5411-6440（編集）

発売元　　株式会社 幻冬舎
〒151-0051　東京都渋谷区千駄ヶ谷4-9-7
電話　03-5411-6222（営業）

印刷・製本　シナジーコミュニケーションズ株式会社
装　丁　　弓田和則

検印廃止

Printed in Japan
ISBN 978-4-344-94598-2 C0095
幻冬舎メディアコンサルティングＨＰ
https://www.gentosha-mc.com/